Prosa aus Australien und Österreich

Herausgegeben von
Sylvia Petter

im Rahmen der
13th International Conference on the Short Story in English,
Wien, 16.-19. Juli 2014

Interactive Press
An imprint of Interactive Publications Pty Ltd

Grafik: Gerfried Mikusch, https://www.mikusch.net/buchcover-australia/

INHALT

VORWORT

No Kangaroos in Austria! Obwohl die WienerInnen vielleicht nicht mehr viel Notiz nehmen von den T-Shirts und Kühlschrankmagneten, die in touristischen Kiosken in der Stadt verkauft werden und mit diesen Worten versehen sind, unterstreichen die Worte eine bestimmte Verflechtung von (Fehl-)Verständnissen über beide Länder.

Die Abhaltung der 13. Internationalen Konferenz über die Kurzgeschichte in Englisch, 16.-19. Juli 2014 in Wien, die die Beteiligung österreichischer und australischer SchriftstellerInnen unter fast 80 AutorInnen und beinahe 140 WissenschaftlerInnen aus der ganzen Welt umfassen wird, bietet die Gelegenheit, einen Blick auf die unterschiedlichen Auffassungen der Kurzgeschichte in beiden Ländern zu werfen.

Thema der Konferenz, die zum ersten Mal im deutschsprachigen Raum stattfindet, ist "Unbraiding the Short Story" (Entflechten des Genres). „Wie das Geflecht eines Zopfes bringt 'Story' eine Mannigfaltigkeit in einer schlanken Einheit zusammen. 'Story' ist offen und geschlossen, lang und kurz, reell und imaginär, traditionell und kühn, die Entdeckung neuer Formen und Inhalte in einer Zeit der technologischen Innovation und Anpassung. Das Medium kann sich ändern, aber 'Story' in ihrer vielfältigen Darstellung bleibt unabhängig von Herkunftsland oder Sprache."

Diese Anthologie, eine Sammlung von Kurzgeschichten und Kurzprosa – denn hier liegt schon ein wichtiger Unterschied in der Herangehensweise – enthält nicht nur fiktive Beispiele und persönliche Werke, sondern auch Reflexionen der einzelnen SchriftstellerInnen über das Genre, wie ihre Schriften innerhalb seiner Grenzen agieren oder ob sie jene Grenzen gar durchbrechen.

Die Erzählungen der australischen SchriftstellerInnen, von der österreichischen Ka Ruhdorfer ins Deutsche übersetzt, haben alle eine Verbindung zu Australien, die jedoch Darstellung dieses Landes und seiner Menschen wiedergeben, die in einigen Fällen vielleicht weniger bekannt sind.

Cate Kennedy schreibt in einer Reflexion über ihre Erzählung, „Hinter Uns" (Original „Flexion"): „Ich wollte eine Geschichte schreiben, die die Auswirkungen menschlicher Gebrechlichkeit im ländlichen Australien andiskutiert, in einer Kulisse, in der traditionellerweise Gleichmut, Stärke und Ausdauer bevorzugt werden."

Die Auslandsaustralierin, **Catherine McNamara**, kippt ihren Fokus auf eine Verlobte aus Äthiopien und begleitet sie ins kosmopolitische Sydney.

Andy Kissane denkt über die Mannigfaltigkeit von „Stimmen" nach; seine Erzählung „Vanillemilch" hat eine sehr australische Stimme.

Cameron Raynes spricht von Resonanz in einer Erzählung und den Mut, den man braucht, um eine gute Erzählung schreiben zu können.

Letztlich fühlt sich **Rebekah Clarkson** vom „Paradoxen dieser Gattung" angezogen: „Eine Kurzgeschichte kann von nichts und allem gleichzeitig handeln."

Und die AutorInnen der „Neuen Welt", die einer mehr oder weniger traditionellen Art des Geschichtenerzählens folgen, wie sie in Nordamerika, Großbritannien, Irland und Australien praktiziert wird, deuten jedoch auf andere „entflechtete" Möglichkeiten der Gattung hin.

Dies soll aber nicht heißen, dass die österreichischen AutorInnen jener traditionellen Art keine Ehre leisten.

Bernhard Strobel zum Beispiel sieht „die Wirklichkeit in Form von Erzählungen" und meint „Realismus als Form". Er fordert den Leser auf, „sein eigenes Bild zu formen" und erlaubt den Lesenden die „Romane", die sich in dem Nichtgesagten befinden, für sich selbst zu erdenken.

Doron Rabinovici hat drei kleine Kurzgeschichten in dieser Anthologie. Er sieht die Erzählung als „die kürzeste Verbindung zwischen kleiner Form und großer Wirkung", was vielleicht der Grund dafür ist, dass Verlage davor zurückscheuen, „Sammlungen von Kurzgeschichten zu veröffentlichen, da – so wird behauptet – solche Bücher sich nicht gut verkaufen würden".

Clemens Setz sieht drei Elemente, die „das Wesen kurzer Erzählungen ausmachen: 1) ein suggestives, rätselhaftes Bild, das der Verstand des Hörers gerne weiterspinnen will, das er gerne als wahr ansehen würde, 2) eine Leerstelle, in der die ganzen Zweifel Platz finden ..., 3) der X-Faktor, die unbekannte Zutat".

Suggestive Bilder gibt es in den fünf „Miniaturen" von **Günther Kaip**, die uns in einen Bereich führen, wo Geschichten in einem „Rhythmus der Worte" entstehen; seine Kurzprosa – von Erzählung ist keine Rede mehr – soll „neue Wahrnehmungen und Perspektiven provozieren".

Für **Carina Nekolny** „ist die Gattung offen und erlaubt das Experiment mit anderen Genres". Ihre Erzählung, „Der Pullover", ist modular, da die „Teile in jeder beliebigen Reihenfolge gelesen werden können und jedes Mal eine neue eigene Geschichte erzählen".

Judith Nika Pfeifer spielt und jongliert mit Wort und Sprache – englische Worte behaupten ihren Platz neben denen ihrer Muttersprache. Ihre in Anlehnung an einen Lebenslauf geschriebene Reflexion schließt mit: „Verdichtetes Gefühl oder feinkalkuliert das, was man daraus/aus ihr macht. Eine kurze Geschichte mit oder ohne Pointe." Könnte „... mit oder ohne Pointe" vielleicht eine Zersetzung der Paradoxen - in Anlehnung an Rebekah Clarkson - sein.

Und zum Schluss **Friederike Mayröcker**, die darauf besteht keine Erzählungen zu schreiben sondern Kurzprosa. Zuletzt „Proëme", die die Entflechtung zum Äußersten führen, wir uns also Assoziationen, Impressionen hingeben, um ein Leben, die „Story" des Lebens, zu entdecken.

Ich freue mich sehr, einer deutschsprachigen Leserschaft Eindrücke präsentieren zu können über die Unterschiede und Ähnlichkeiten zwischen Erzählung und Kurzprosa, dargestellt von AutorInnen aus zwei Ländern, die manchmal verwechselt und oft durch ihre Darstellung in Klischees missverstanden werden. Diese Anthologie könnte auch von Interesse für Studierende der Literatur und der Schreibgattung sein, um einen Einblick in die Schreibweise der AutorInnen zu gewinnen.

Dieses Buch, mit einer ersten Auflage limitiert auf 100 Exemplare, beinhaltet Werke von zwölf AutorInnen, facettenreich und divers wie ihre Geschichten selbst. Allen AutorInnen bin ich sehr dankbar, dass sie mit mir gekommen sind und mir erlaubt haben, Sie, liebe LeserInnen, auf diese eigenartige Reise mitnehmen zu können.

Willkommen in Austr(al)ia!

Sylvia Petter
Wien, Juli 2014

GÜNTHER KAIP

Es gibt keine geradlinige Strecke von A nach B, die in unserem Bewusstsein existiert. Es steht unter ständigem Beschuss von Eindrücken und Erlebtem– sehen, riechen, schmecken, hören, ertasten -, und manchmal scheinen sie im Text nichts miteinander zu tun zu haben, ein Nebeneinander, ausgelöst für sich stehend – und doch bilden sie ein Ganzes. In der Erinnerung sind es Worte, die erwecken, verknüpfen, Emotionen auslösen, plötzlich in neue Richtungen führen – die zu anderen Orten des Erlebten führen. Das berühmte 1+1=3! Nur dass statt der Zahlen, die Einheit **Wort** steht:

Wörter haben einen Körper, einen Resonanzboden, der in permanenter Schwingung ist und in dieser Bewegung Räume erschafft, die sich ausdehnen, verengen und sich weiter potenzieren – in diesem Rhythmus der Worte entstehen Geschichten, werden Handlungen angerissen, abgebrochen und neu ausgerichtet. Wahrnehmungsfenster gehen nahtlos ineinander über ebenso die Innen- und Außenbetrachtung.

In meiner Kurz Prosa geht es um die Vielfalt und Gleichzeitigkeit von Raumerlebnissen in der Sprache, die ich greifbar, erlebbar machen will – Bewegung im Text, seiner Sprache, seiner Worte, die in den Leserinnen im besten Fall neue Wahrnehmungen und Perspektiven provozieren sollen.

Nimm die Feder vom Ochsen

Nimm die Feder vom Ochsen und streichle mit ihr die Mondsichel in deinem Schoß. Versuche sie nicht zu kitzeln, denn die Dinge stehen denkbar schlecht: die Felsen brechen aus den Bergen, füllen Täler aus, die Bäume sterben ab und die Flüsse ersaufen in den Meeren. Hörst du das feine Knirschen? Es ist der Sand, der die Luft wund reibt. Dazu das höhnische Heulen der Winde - der Chor, der dein Ende besingen soll.

Die Erbse unter der Haut nützt dir nichts mehr, das Nest der Krähe in deiner Lunge bietet keinen Schutz und die missbrauchten Beichten in deiner Milz werden von einem Mistkäfer gesegnet, der auf der Suche nach seinen Schuhen ist. Da! fange das vorbei fliegende Haus, denn seine Bewohner liegen wach in ihren Betten und weigern sich, die Nacht mit ihren Träumen zu füllen. Es ist ihnen alles gleichgültig und viele hoffen, nicht mehr zu aufzuwachen, so taub sind sie geworden.

Lass die Fliegen aus deiner Brust, lass sie Fäden in die Luft spannen und klettere an ihnen höher und höher und rüttle die vorübertreibenden Wolken wach. Winke der Mondsichel zu, versichere ihr, dass du wieder kommst, sie immer einen Platz in deinem Schoß haben wird, winke dem weinenden Hahn, der einsam auf dem Misthaufen steht, winke, bis der Arm schmerzt. Dann gleite die Fäden der Fliegen hinunter, lege die Mondsichel wieder in den Schoß, nimm den Schatten von deinem Arm und streiche ihn am Boden glatt, um ihn über jeden Vorüberkommenden zu werfen, ihn zu wärmen oder zu kühlen, je nach Wetterlage, und aus der Mondsichel wirst du den Regenschirm ziehen, mit Meermuscheln geschmückt und bunten Korallen. Sei nicht schockiert, wenn tote Fische auch dabei sind.

Und lausche lieber dem Lachen der Hosen, die an den Beinen der Vorübergehenden wie Fahnen flattern. Und sei nicht enttäuscht, dass sich eine Hose um die Mondsichel wickelt und sie mit sich nimmt. Erfreue dich an dem Fluss, der still vorüber fließt, manchmal ein Wort murmelt, eine Silbe, die ans Ufer schwappt. Dann ist die Zeit gekommen, dass du dir genau überlegst, ob du zu Hause noch einmal deine Winterstiefel mit Knoblauch einreibst, sie in Pergamentpapier wickelst und in den Keller trägst, oder was noch wichtiger ist – ob du dich der Bratpfanne in der Küche nähern willst, in der schon das neue Jahr wie ein aufgeschlagenes Ei brutzelt.

Ich trage meinen Schatten

Ich trage meinen Schatten unter der Achsel, damit er nicht nass wird und friert. Ständig wechseln sich Sonne, Regenschauer und Wind ab, kühlen die Landschaft aus. Unser Weg führt einen Fluss entlang, der keine Biegung macht - ein gerader Strich zwischen den Hügeln, silbern schimmert er, wenn die Sonne scheint, wird zum grauen Band, wenn Regen- und Schneeschauer über ihn jagen und der Wind seine Oberfläche aufraut. Nach meinem Kompass sind wir im Süden, eigentlich sollte es heiß sein und der Schweiß in Strömen fließen und mein Schatten neben mir hergehen oder vorauseilen oder eine Stadt besuchen, an der wir vorbei kommen - er hat bei mir alle Freiheiten, solange er von seinen Ausflügen zurückkommt und sich für die Nacht zu mir ins Bett legt, um mich zu wärmen. Jetzt bin ich es, der ihn warm hält. Behutsam habe ich ihn gefaltet, als er vor Kälte am ganzen Körper schlotterte und ihn unter meine rechte Achsel geschoben.

Es ist das erste Mal, dass ich ihn trage, denn sonst liege ich in seinen Armen wie ein Kind und lasse mich halten, tragen. So kann ich am Besten schlafen und träumen, meine Leben abzählen und Himmel bauen, über die glühende Sonnen gleiten, aber auch vollkommene Schwärze erzeugen und zum Abschluss ihr Licht, das alles grell ausleuchtet. Wir sind schon einen Tag unterwegs, oder sind es mehr?, von den Bäumen hängen die Eiszapfen in den Fluss, der zugefroren ist und auf dem Kinder Schlittschuh fahren. Wie das Eis spritzt, wenn sie sich in ihre Kurven legen oder scharf abbremsen! Ich rufe ihnen zu, aber sie bemerken mich nicht, selbst wenn ich mich zwischen sie aufs Eis wage – es ist sehr dünn und bricht unter meinem Gewicht. Strecke ich eine Hand zum Gruß aus, sehen mich die Kinder nicht, sie würden mich ersaufen lassen. Aber immer erreiche ich das Ufer, ohne dass mein Schatten aufwacht oder mit kaltem Wasser bespritzt ist. Er schläft noch immer in meiner Achsel, tief und fest.

Jetzt gehe ich schneller, und die Aussicht, dass er am Ende des Weges aufwachen wird, lässt mich meine Erschöpfung vergessen, und dann werden wir die Rollen tauschen, ich werde wieder das Kind in seinen Armen sein, schlafen, träumen...

Der Körper am Fluss

Er liegt auf dem Rücken, mit dem Hinterkopf im Fluss. Auf Fragen antwortet er nicht, spricht nur mit seinem Körper, der in pergamentener Haut steckt und nackt ist. An den Unterarmen und Beinen ziehen sich feine Risse durch die Haut, die sich verzweigen. Sieht man genauer hin, erkennt man regelmäßige Zeichen, wie Buchstaben, die meisten fast verblasst – Andeutungen, die auf den Rissen zu balancieren scheinen und an einen Text erinnern, der den Körper ganz bedeckt, seine Geschichte, die für uns nicht zu entziffern ist. Auf dem Bauch ist eine Spirale tief in die Haut eingeritzt, ein Sonnengeflecht, in dessen Mitte der Nabel in einem kleinen Loch liegt. Hals und Gesichtshaut weisen nur senkrechte Striche auf, die um die Augenhöhlen geführt werden und sich auf der Stirn zu einem Punkt vereinigen.

Seine Schuhe und Strümpfe und Hemd und Hose liegen hinten in den Büschen, auch der Picknickkorb mit dem Gesangsbuch voll Kinderliedern zwischen zerbrochenen Tellern und Gläsern. Waldbeeren verschimmeln am Boden des Korbes. Mit weit aufgerissenen Augen betrachtet der Körper den Himmel, über den vereinzelt Wolken jagen. Vögel ziehen gerade Striche, Ellipsen und Amplituden in die Luft, die sich jetzt am Abend abkühlt.

Seit Tagen liegt er so und seine Körperstellung hat sich nicht verändert. Manchmal haben wir den Eindruck, dass er lauscht, auf einen bestimmten Ton oder einen Laut wartet, der ihn aufstehen und gehen lässt. Bei unseren täglichen Spaziergängen rasten wir bei ihm, beobachten ihn, essen und trinken, studieren die Textur auf seinem Körper und lassen uns in die Stille fallen, die von ihm ausgeht. Stunden sitzen wir so und sind am Ende doch enttäuscht, dass sich seine Brust nicht senkt und hebt. In unseren Träumen aber lebt er - läuft, springt, geht, spricht mit einer Stimme, die wir den ganzen Tag mit uns herumtragen. Was wir auch tun, er ist bei uns – das spüren wir, und es fühlt sich fremd an. Noch schrecken wir vor der kalten, lederartigen Haut zurück.

Heute kitzeln wir ihn an den Fußsohlen, die dreckig sind. Wir waschen ihm mit Wasser aus dem Fluss die Füße und legen sie zum Trocknen in die Sonne. Die Textur in den Fußsohlen tritt hervor, als wäre sie soeben in die Haut geritzt worden, und dann begreifen wir, dass dort unsere Waschbewegungen abgebildet sind, unser Kratzen, um einen hartnäckigen Fleck zu entfernen, die Druckstellen unserer Finger, die die Füße beim Waschen festhielten.

Aus den Beinen tritt jetzt ein wenig Blut, bildet Tropfen, die in der Sonne rasch trocknen, und die Tulpe, die aus seinem Bauch wächst und weiß aufgeblüht ist, bewegt sich, biegt sich zur Seite, links, rechts, als würde ein starker Wind wehen. Alles ist ruhig hier – nur das Fließen des Flusses. Die Tulpe erinnert an einen aufgeblühten Phallus, und einer von uns, der Stärkste, versucht sie herauszuziehen, wir helfen ihm, umfassen sein Becken und ziehen an ihm. Aber so sehr wir uns auch anstrengen, die Tulpe steckt fest im Bauch. Als wir uns die Taschentücher reichen, um den Schweiß abzuwischen, stößt der Körper einen Seufzer aus, gurgelnd, röchelnd, wir wissen nicht was tun, für einen Moment glauben wir, dass ihn unsere Behandlung dazu getrieben hat, wollen uns schon beglückwünschen, dass wir eine Reaktion in ihm hervorgerufen haben, und - da funkeln in der Sonne noch einmal die Blutstropfen kurz auf, ehe sie ganz verblassen.

Der Körper beachtet uns nicht, wir halten ihm einen Taschenspiegel vor den Mund, nichts, einer kitzelt seine Fußsohlen, keine Reaktion. Plötzlich packt einer von uns die Füße, verdreht sie, hebt sie hoch und lässt sie auf den Boden fallen, will nach ihnen treten, sucht einen Stock am Ufer, mit dem er sie schlagen kann. Wir halten ihn zurück, gehen mit ihm zum Waldrand, setzen ihn aufs Moos - er weint, sein Körper schüttelt sich, wir legen unsere Arme um ihn, streicheln sein Haar – aber er ist nicht zu beruhigen.

Die anderen von uns widmen sich in der Zwischenzeit dem Körper am Fluss. Sie versuchen seine Arme auf seiner Brust zu kreuzen, wenden all ihre Kraft an, sie hochzuheben, anzuwinkeln und auf die Brust zu drücken. Werden aber die Arme losgelassen, schnellen sie in ihre Ausgangsposition zurück. Drei-, viermal versuchen sie es, dann lassen sie es bleiben und gehen zu dem Weinenden am Waldrand, der am Rücken mit überschwemmten Augen liegt.

Am Ufer leuchten wir dem Körper mit einer Taschenlampe die Augen aus. Sie blinzeln nicht, bleiben sperrangelweit offen: tausende Äderchen sind geplatzt, aus denen eine weiße Flüssigkeit tritt und sofort trocknet – gleichsam beide Augen versiegelt. Wir sind überzeugt, dass der Körper eingeschlafen ist und seinen Endlostraum träumt, der weit in seine Vergangenheit zurückreicht. Auf dem Fluss treiben Kinder auf einem selbstgebauten Floß vorüber. Sie winken, rufen, lachen – wir winken zurück und machen uns zum Gehen bereit, räumen unseren Mist weg: ob der Körper morgen noch da sein wird?

Der Horizont meines Landes

Nachdem ich das Land, in dem ich seit meiner Geburt lebe, sorgsam gefaltet, in der Papiertüte verstaut habe, lasse ich mir Wasser in die Badewanne ein und nehme ein Bad, wasche gründlich die Zwischenräume meiner Zehen, zwei- dreimal, raue mit einer Bürste meinen Bauch auf und schmiere eine Creme auf die Haut, damit sie geschmeidig bleibt. Dann nehme ich mein linkes Auge heraus, lasse es im Handteller rollen, glätte es mit feinem Schmirgelpapier, das ich mir gestern in der Stadt besorgt habe, und drücke das Auge wieder in seine Höhle. Das Ergebnis ist außerordentlich – ich erkenne die verrosteten Wasserleitungen und Elektrokabel in den Wänden. Dieser Anblick deprimiert mich. Durch die geschlossene Badezimmertür sehe ich auf der Küchenanrichte meine Papiertüte, in der sich mein Land zu entfalten versucht. Die Papiertüte schwankt, erbebt, neigt sich bedrohlich nach vor und droht von der Anrichte auf den Fliesenboden zu fallen. Nicht auszudenken welche Auswirkungen das auf ihren Inhalt hätte, auf mein Land, dass ich eine halbe Stunde lang in meinem Garten herumführen will, damit es einmal was anderes sieht, riecht, schmeckt, nicht nur immer sich selbst. Ich werde mein Land vorsichtig aus der Papiertüte nehmen und es in das Moos vor dem Apfelbaum legen. Die Sonne scheint schon, ihre Strahlen werden mein Land wärmen und ich werde vor ihm stehen, um ihm Schatten zu spenden, wenn es nötig ist.

Da fällt mir ein: der Horizont meines Landes, sein feingliedriges Gewebe, wie soll ich ihn aufspannen ohne ihn zu zerreißen, und ein Land ohne Horizont, das geht doch nicht. Ich springe aus der Badewanne, um zu retten, was noch zu retten ist, schlüpfe in den Bademantel, laufe zur Küchenanrichte und greife nach der Papiertüte. Schon nach dem ersten Schritt bemerke ich, dass ich sie in einem bestimmten Winkel halten muss, sonst rinnt mein Land aus.

Vorsichtig stelle ich die Papiertüte ab, springe zum Kleiderschrank, nehme eine Badehose und ziehe sie mir an. Mehr brauche ich ja nicht, ich bleibe ja in meinem Garten, der von hohen Zypressenstauden umgeben ist. Als ich nach der Papiertüte greife, um sie hochzuheben, ist sie nicht mehr da, nur ein feuchter Fleck auf dem Boden, und ich überlege mir, ob ich in ihn springen soll, schließlich habe ich die Badehose an. Das bin ich meinem Land schuldig

BERNHARD STROBEL

Ich sehe die Wirklichkeit in Form von Erzählungen. Wenn ich im Zug sitze, in einem Kaffeehaus, wenn ich vor dem Zaun eines Einfamilienhauses stehe und Menschen beobachte oder ein Telefongespräch mithöre, dann geschieht etwas, das der Funktionsweise einer Erzählung entspricht (nein, nicht jeder Erzählung, sondern der, um die es hier gehen soll). Man könnte es aber auch anders herum formulieren: wenn ich eine Erzählung produziere, dann geht etwas vor sich, das der Funktionsweise der Wirklichkeit entspricht. Ich stelle eine Szene dar, denke mir eine Situation aus, die einen mehr oder weniger kurzen Zeitraum umspannt, lasse das Scheinwerferlicht aufhellen und bald darauf wieder ausgehen. Das Vor und Nach einer Szene bleibt verborgen, die Lebensgeschichten der Figuren (der Beobachteten) sind unbekannt; man braucht sie nicht zu kennen, oder richtiger: für die Erzählung soll man sie nicht kennen. Daraus ergibt sich von selbst eine Einschränkung, die von den Lesenden eine aktive Teilnahme fordert: sie müssen an der Gestaltung des Textes mitwirken, es bleibt ihnen gewissermaßen keine andere Wahl, als die Lücken selbst zu füllen, sie sind aus ihrer Lebenswirklichkeit nichts anderes gewohnt. Was wir beobachten und erleben, sind Teilaspekte, die Stück für Stück zusammengesetzt werden müssen. Das Ergebnis ist ein Bild, das nicht notwendigerweise richtig ist, stimmig, und das sich erst recht nicht jedem Beobachter auf die gleiche Weise darstellt. Es besteht die Notwendigkeit des Interpretierens: Aussagen, Verhaltensweisen, Emotionen werden gedeutet, und ausgehend von diesen Deutungen ergeben sich Reaktionen, welche ihrerseits eine Interpretation verlangen. Das Credo: ›Es muss nicht alles gesagt werden‹, dient also nicht allein dazu, Spannung zu kreieren oder Texten durch bewusste Aussparung verschiedene Lesarten zu verleihen, sondern es schafft eine Verbindung zur Realität des Zwischenmenschlichen.

Man könnte sagen, das Mithören eines Telefongesprächs – um bei diesem Beispiel zu bleiben – sei immer nur die halbe Wahrheit. Man steigt in die Eisenbahn, die Person auf dem Sitz vor einem telefoniert, sie hat (vielleicht) bereits telefoniert, bevor man zugestiegen ist, und sie tut es (vielleicht) noch, nachdem man ausgestiegen ist. Andere haben mehr gehört, andere weniger, manche gar nichts. Was ist die Wahrheit? Das ganze Gespräch oder das, was man selbst vernommen hat?

Das ist, was ich damit meine: Realismus als Form.

Zu der natürlichen Einschränkung kommt die künstlerische. Ich gebe meinen Figuren keine Gesichter, ich beschreibe ihr Äußeres nicht, sie sagen nicht viel mehr, als für den Verlauf der Erzählung notwendig ist, und was mir entbehrlich scheint, lasse ich weg. Das ist keine Zumutung für den Leser, im Gegenteil, es ermöglicht ihm, sich sein eigenes Bild zu formen. Je weniger gesagt wird, desto mehr bleibt, was durch eigene Vorstellungen gebildet wird. Aber: Etwas Entbehrliches zu entdecken bedeutet, dass es etwas geben muss, worauf verzichtet wird; auch der Verfasser füllt ja ganz automatisch die

Lücken, dichtet unfreiwillig Lebensgeschichten hinzu, kennt eine ›Lösung‹. Bildlich gesprochen könnte man sagen: Das, was am Ende der Produktion auf dem Papier steht, ist die Erzählung, was nicht dort steht, ist der Roman. Genauer gesagt, die Romane. Jene nämlich, die die Lesenden (idealerweise) für sich hinzudenken.

Regen

Er stand vor dem geöffneten Schlafzimmerfenster und blickte hinaus in den Garten. Es war Sonntag Vormittag, er war noch im Pyjama. Als er sich einmal umdrehte, um auf die Uhr zu sehen, erschrak er fast, weil es erst elf war. Es regnete seit vier Tagen. Die Zeit verging langsam, es lag zum Teil am Regen, aber hauptsächlich daran, dass Sonntag war. Er hatte die Arme auf die Fensterbank gestützt und ließ den Blick wandern. Er sah die Wassermassen im hinteren Teil des Gartens, die Zucchini und die Walderdbeeren waren fast vollkommen untergetaucht. Was für eine Schweinerei, dachte er, weil er nicht wahrhaben wollte, dass es immer noch regnete, und er war kurz davor, mit der Faust gegen den Fensterrahmen zu schlagen, aber dann sagte er sich, dass es doch keinen Sinn hatte und dass es nichts Lächerlicheres gab, oder wenigstens fast nichts, als sich über das Wetter zu ärgern, und es gelang ihm, sich zu beherrschen. Jasmin saß unten im Wohnzimmer. Das Radio lief. Er ließ den Blick weiter wandern, über den Gartenzaun hinweg auf die Gasse. Es gab nicht viel zu sehen. Einmal entdeckte er Paul Markovic, der am Kirchenplatz mit seinem Hund spazieren ging. Er konnte ihn deutlich sehen, er hatte sich unter einen großen Baum gestellt und rauchte. Thomas sah ihm eine Weile zu, wie er seinem Hund einen Stock hinterherwarf, und wie der Stock immer wieder zurückkam. Plötzlich, Thomas war nicht recht klar warum, schlug er wie wild auf seinen Hund ein und fluchte. Dann warf er wieder den Stock, ließ die Zigarette auf den Boden fallen und ging davon.

Als er später hinunter ins Wohnzimmer ging, saß Jasmin mit geschlossenen Augen am Küchentisch. Sie bemerkte ihn erst, als er dicht neben ihr stand. Sie hob den Kopf, er nickte ihr zu.
»Was war das für ein Geschrei?« fragte sie.
»Markovic«, sagte er. »Er war mit seinem Hund draußen.«
»Also doch«, sagte sie. »Hab ich doch richtig gehört.«

Thomas ging weiter zum Kühlschrank. Er öffnete ihn, ohne zu wissen, wonach er suchte. Eine Weile stand er da und schaute hinein, dann schloss er ihn wieder und ging nach hinten in den Lagerraum und holte ein Bier. Er ärgerte sich, weil er vergessen hatte, es am Vortag in den Kühlschrank zu stellen. Er ging wieder zurück in die Küche. Jasmin blickte ihn an, dann auf die Bierflasche in seiner Hand.
»Willst du auch?« fragte er.
»Um diese Zeit?« fragte sie.

Er antwortete nicht. Er schüttelte den Kopf und ging in die Küche. Seine Schritte stampften laut auf dem Fußboden, und vielleicht lag es daran, dass sich der Ärger über den Regen noch nicht gelegt hatte, vielleicht war es die Zeit, die nicht vergehen wollte, aber als er dann noch beobachtete, wie Jasmin seufzend den Kopf schüttelte, spürte er, wie er plötzlich zu zittern begann. Er wollte ein Bier trinken, hier und jetzt, und er ging weiter in Richtung Küche und dachte: Du wirst dir von niemandem vorschreiben lassen, wann die richtige Zeit dafür ist! Vor der Kommode blieb er stehen. In der obersten Lade befand sich ein Flaschenöffner. Er nahm ihn heraus, aber als er dann dastand und noch einmal über die versteckte Bedeutung dessen nachdachte, was Jasmin vorhin gesagt hatte, legte er ihn wieder zurück und ging hinüber zum Tisch und holte ein Feuerzeug. Er setzte es mit der Hinterseite an, schloss die Faust um den Flaschenhals und presste das Feuerzeug gegen den Daumen. Ein lautes Geräusch entstand, und er beobachtete, mit angehobenen Mundwinkeln, wie der Verschluss quer durch das Wohnzimmer geschossen wurde. Er landete in der Nähe des Sofas am Boden. Er hob ihn nicht auf. Er blickte an Jasmin vorbei und ging weiter zur Treppe.

»Thomas! Drehst du jetzt vollkommen durch?«

»Ja«, sagte er.

Er ging die Treppe hinauf ins Schlafzimmer. Er setzte sich aufs Bett, die Ellbogen auf die Matratze gestützt, und plötzlich begann er heftig mit dem Kopf zu nicken und dachte: Ja! Er blickte aus dem Fenster, der Regen war wieder stärker geworden. Eine Weile saß er da und hörte zu, wie die Tropfen an die Glasscheibe prallten, dann stand er auf, ging vom Schlafzimmer ins Bad, vom Bad ins Gästezimmer und wieder zurück ins Schlafzimmer. Alles kam ihm plötzlich zu klein vor. Er nahm einen Schluck von seinem Bier und setzte sich an den Schreibtisch vor den Computer. Nachdem er einige Minuten ziellos die Programme durchsucht hatte, stieg er ins Internet ein. Eine Zeit lang saß er gedankenlos da und überlegte, wonach er suchen könnte. Am vergangenen Abend, als er schon im Bett gelegen war, waren ihm drei Dinge eingefallen, die er nachschlagen wollte. Er konnte sich nicht erinnern, was es war, und so tippte er, um nicht völlig tatenlos dazusitzen, das Stichwort Griechenland in die Suchmaschine ein. Er klickte sich durch die Resultate. Er schaute sich die Bilder an, die Hotels, die Preislisten. Später, auf einer Seite der Insel Kos, verfolgte er die Übertragung einer Livekamera. Er sah den Strand, der Himmel war wolkenlos. Aus dem Wasser ragten die Köpfe der Urlauber. Nachdem die Kamera ein Stück westwärts gewandert war, sah er auf einem Platz eine Gruppe alter Griechen sitzen. Sie unterhielten sich und tranken Kaffee, auf einem anderen Tisch wurde Backgammon gespielt. Einmal blickten zwei rothaarige Touristen, wahrscheinlich Engländer, dachte er, direkt zur Kamera hinauf und streckten die Mittelfinger aus. Er verdrehte die Augen und trank sein Bier aus. Später blickte er wieder auf das leere Eingabefeld der Suchmaschine. Er lehnte sich zurück und schlug die Beine übereinander, beugte sich jedoch bald wieder vor, und der nächste Begriff, den er eintippte, verschaffte ihm ein spontanes Gefühl von Überlegenheit, und er merkte auf einmal, als ob es gar nicht von ihm selbst käme, wie sich seine Mundwinkel leicht nach oben bewegten. Er warf einen Blick hinaus in den Vorraum, dann wieder zurück auf den Bildschirm. Fünf Minuten vergingen, er hatte den Ton auf stumm geschaltet und sich Videos angesehen, da hörte er plötzlich, wie Jasmin unten im Wohnzimmer herumging. Er schloss schnell alle Seiten, die er geöffnet hatte, und stellte den Bildschirm ab. Er nahm die Bierflasche und ging hinaus, um zu lauschen. Jasmin stand in der Küche, er konnte ihre

Stimme hören, sie telefonierte. Er ging weiter in den Halbstock und setzte sich auf die Stufen.

»Ja«, hörte er sie sagen. »Stimmt … Ja, wirklich … Nein, wir essen erst später … Nein, wirklich nicht … In einer Viertelstunde … Ja, bis gleich.«

Er hörte, wie sie das Telefon auf dem Küchentisch ablegte. Er stand auf und ging hinunter. Jasmin stand vor dem Spülbecken, ihre Blicke trafen sich. Sie nickte, er ging weiter in den Lagerraum. Er stellte die leere Flasche in die Kiste, nahm eine neue heraus. Eine Minute lang blieb er stehen und starrte an die Wand. Zurück in der Küche, fragte Jasmin: »Bist du immer noch im Pyjama?«

Er zuckte mit den Schultern.

»Simone hat angerufen. Sie kommt in einer Viertelstunde vorbei.«

»Ist gut«, sagte er.

Er trat einen Schritt zur Seite und wandte ihr den Rücken zu. Ist gut, dachte er, und er spürte, wie seine Hände wieder zu zittern begannen. Er ging zur Kommode und holte den Flaschenöffner. Jasmin ging hinüber zur Terrassentür. Sie hatte die Arme vor der Brust verschränkt und schüttelte den Kopf.

»Was für ein Wetter«, sagte sie.

»Ja«, sagte Thomas. »Was für ein Wetter.«

Er blickte auf die Uhr, eine halbe Stunde war vergangen. Er wusste nicht, wohin er gehen sollte, und so machte er ein paar Schritte hierhin und dorthin, bis er irgendwann vor dem Verschluss der Bierflasche anhielt, der noch von vorhin auf dem Boden lag. Kurz überlegte er, ob er ihn aufheben sollte. Jasmin stand noch immer vor der Terrassentür, und als er sich zu ihr umwandte, trafen sich ihre Blicke. Niemand sagte etwas. Jasmin hob die Augenbrauen, Thomas wandte sich wieder ab und setzte sich auf das Sofa vor den Fernseher. Er nahm die Fernbedienung zur Hand, trank, einen Schluck. Bald darauf läutete es an der Tür. Jasmin ging aufsperren, Thomas legte die Fernbedienung zurück und ging hinauf ins Schlafzimmer. Er achtete darauf, dass seine Schritte laut und stampfend genug waren, damit sie auch unten bei der Eingangstür noch zu hören waren. Sie soll es ruhig merken, sagte er sich. Wenige Augenblicke später saß er wieder auf dem Bett und blickte hinaus in den Regen. Er hatte sich auf die Matratze gelegt und lauschte den Stimmen im Erdgeschoss. Er hörte sie über Simones Mutter sprechen, sie war alt und befand sich schon sehr weit weg von der Welt. Er erinnerte sich, wie Simone einmal vor längerer Zeit über sie gesprochen hatte. Es dauerte eine Weile, bis er sich an ein Gesicht erinnern konnte, und als es dann da war, wusste er nicht, was er damit anfangen sollte. Er setzte sich wieder auf und trank sein Bier. Er legte den Kopf in den Nacken und atmete tief ein und aus, wie um sich selbst zu ermahnen, aber als er bald darauf wieder aus dem Fenster blickte und ihm die dichten Regenstriche plötzlich vorkamen wie die Gitterstäbe von Gefängniszellen, merkte er, wie das Unwetter draußen sich sofort in ein Unwetter in ihm drinnen verwandelte, und er stand auf und ging mit harten Schritten in Richtung Treppe und dachte: Sie hätte mich fragen müssen! Sie hätte mich fragen müssen! Er ballte die Hände zur Faust und ging noch einmal zurück ins Schlafzimmer, um die leere Bierflasche zu holen, dann hinunter ins Erdgeschoss. Jasmin saß am Küchentisch, daneben Simone, ihre Köpfe zeigten in Richtung Terrasse. Sie bemerkten ihn erst, als er die Bierflasche auf der Kommode abstellte. Jasmin wandte sich zu ihm um.

»Ah«, sagte sie. »Also immer noch im Pyjama.«

Er entgegnete nichts. Simone blickte ihn an. Wahrscheinlich wartet sie darauf, dass ich sie grüße, dachte er. Er lächelte. Jasmin sah mit hochgezogenen Augenbrauen zu ihm hin, und als ihr bald darauf klar wurde, dass er nicht grüßen würde, sagte sie, wie um das Schlimmste verhindern zu wollen:

»Wir haben gerade über Simones Mutter gesprochen. Du weißt schon, sie liegt seit einiger Zeit im Spital.«

»Ich weiß, ich weiß«, sagte Thomas. »Wie geht's ihr? Ist sie schon tot?«

Jasmin: »Thomas! Wie kannst du so etwas fragen?«

Er zuckte mit den Schultern. Er blickte in zwei entsetzte Gesichter und dachte: Das war's, ich kann wieder gehen. Er ging hinauf ins Schlafzimmer und legte sich aufs Bett. Er versuchte zu schlafen, es gelang ihm nicht. Er setzte sich wieder auf. Aus dem Erdgeschoss war nichts mehr zu hören. Wahrscheinlich flüstern sie, dachte er, und lachte sich innerlich zu und blickte wieder aus dem Fenster. Das war's, dachte er.

CARINA NEKOLNY

Kurzgeschichte, Short Story, Novelle, Erzählung … all diese literaturwissenschaftlichen Begriffe treffen die Prosa, die ich schreibe nicht oder nur bedingt. Es sind eher die Cechovschen Miniaturen, die Kafkaschen Textfragmente, die mich prägen.

Was den Zugang angeht, halte ich es mit Heinrich Böll: „Es gibt nicht die Kurzgeschichte. Jede hat ihre eigenen Gesetze … sie bleibt für mich die reizvollste Prosaform, weil sie auch am wenigsten schablonisierbar ist. Vielleicht auch, weil mich das Problem ‚Zeit‘ sehr beschäftigt, und eine Kurzgeschichte alle Elemente der Zeit enthält: Ewigkeit, Augenblick, Jahrhundert.“

Das konstituierende Merkmal der „kleinen oder kurzen Prosa“, wie ich sie verstehe und schreibe, ist, dass sie keine einheitlichen Merkmale aufweist, außer dem Anspruch, in einem einzigen Lesakt gelesen werden zu können (Pocket-Literature).

Was Erzähltechnik und Sprache angeht, so sind alle Erzählertypen möglich (auktorial, Ich-Perspektive oder personal), es gibt eine kurze oder keine Exposition, eventuell einen Handlungsrahmen, die Erzählung ist chronologisch oder nicht, vielleicht simultan, im Präteritum oder Präsens. Sie ist vielleicht peripetisch, hat eine straffe Handlungsführung, einen Wechsel zwischen Raffung und breit angelegten Partien um den Wendepunkt. Die Sprache ist lakonisch, dicht. Für mich ist die Gattung offen und erlaubt das Experiment mit anderen Genres. Das zieht mich an.

In vielen Fällen geht es um exemplarische und extreme Situationen, komprimiert und reduziert. Manchmal auch nicht. Der Schluss kann offen sein, eine Pointe beinhalten oder es gibt gar keinen Schluss (wie in den modularen Texten, deren Teile in jeder beliebigen Reihenfolge gelesen werden können und jedes Mal eine neue eigene Geschichte erzählen).

Ein novellistisches Leitmotiv kann zentrale Bedeutung haben und konstituierendes Element sein; vielleicht eine Goethesche „sich ereignete unerhörte Begebenheit“. Muss aber nicht.

Die kurze Prosa hat in meinem Zugang keine fest umrissenen Gesetze, sie hält sich an eine subkutane innere Logik, sowohl was Sprache, als auch Inhalt und Struktur betrifft. Die Analyse überlasse ich gern der Literaturwissenschaft.

Der Pullover

eine modulare Geschichte

A

Ihr Pullover ist türkis. Nicht dieses grelle Achzigerjahretürkis. Eines, das auch gestrickte Rauten, Rhomben, Dreiecke und andere geometrische Eigenheiten mühelos mit einschließt. Burdalook, Achziger Jahre eben. Nein, pastelltürkis. Praktisch farblos, obwohl diese Unfarbe gerade darin unangenehm ins Auge sticht.

Diesen türkisen Pullover trägt sie. Um genau zu sein, trägt sie ihn eher vor sich her, um sich herum, als am Körper. Er stellt sich zwischen die Menschen und sie. Er dient ihr als Rüstung. Niemand könnte vom Augenschein sagen, wie alt sie ist. Sie hat kein Alter, sie ist ein ewiges Kind, und gleichzeitig alt. Wer ihr Alter schätzen wollte, stünde schön dumm da. Eine Frau also immerhin, und doch hat sie kein eigentliches Geschlecht, wohl aber die gängigen Attribute einer Frau. Die wirken irgendwie verschoben. An ihr nur aufgehängt. Als gehörten sie nicht zu ihr. Camouflage. Nicht so wie der Pullover. Der ist ein Teil von ihr. Der ist authentisch. Unvorstellbar ist sie ohne ihn.

Groß ist sie, um nicht zu sagen, lang. Auch ihre Hände sind groß und lang, die Fingernägel stumpf. Nicht dass bislang irgendwem ihre Nägel aufgefallen sind. Sie könnte ebenso gut keine haben.

Dann hätte es wahrscheinlich doch jemand bemerkt. Wenn sie gar keine hätte. Vielleicht ist es gerade der Pullover, der alle Blicke von ihr ablenkt. Sie fängt, abfängt und ausrichtet auf die unsagbare Farbe, weg von ihr. Sie entschärft. So ist dieses wollene Kleidungsstück eine Art Tarnkappe. Ein Schutz gegen indiskretes Sich-Hineinbohren in ihr Inneres. Gegen Nahetreten.

Ihr Kopf bleibt unbehelligt von lästigen Blicken und Gedanken, die sich ihr von außen gefährlich nähern. Auch was darin vorgeht, verbirgt sich hinter der türkisen Fassade.

B

Sie kommt, um sich umschulen zu lassen. Mit ihr, vor ihr her kommt der Pullover.

Sie spricht langsam, ohne den Mund zu öffnen. Die Wörter müssen sich den Weg nach draußen erkämpfen. Eisern hält ihr Kiefer sie fest. Ganz dünn und leicht machen sich die Sätze, um sich an den Zähnen vorbeizuschwindeln. Jederzeit könnte eines von ihnen abgebissen und wieder geschluckt werden. Sie wollen hinaus und sie fürchten sich. Hinter ihrer Brille kann man es sehen. Wenn man hinschaut. Dort spiegelt sich der Schrecken der Wörter. Dort findet Sprache statt. Statt Blicken drängen sich hier, übergroß verzerrt und wie zitternd, die Laute. Wollen artikuliert werden, warten atemlos auf die Chance zu entrinnen.

Jedes Wort, das die mühsame Reise an die Luft geschafft hat, ist ihr Feind. Sie würde sie am liebsten wieder einsaugen, einatmen, aufessen mit den Augen. Nicht mit dem Mund, der bleibt fest zu. Eisern. Hilft, ihren Verteidigungswall aufrecht zu halten. Lässt nichts hinein und hinaus. Ist böse, wenn zu viele Fragen kommen. Zu viele Wörter sich im Mundraum sammeln und auf Freiheit drängen. Alles Wörter, die sie doch noch so nötig braucht. Wer soll sonst ihren Kopf füllen, wenn sie alle davonstreben? Wer soll ihre Gedanken denken, wenn alles auf Aussprechen hinausläuft?

Das Arbeitsamt hat sie geschickt. Sie soll einen Kurs machen. Sie will auch einen Kurs machen. Aber reden will sie nicht. Die Gründe liegen auf der Hand. Wörterverschwendung. Hinter ihrer Brille tritt klar die Missbilligung zu Tage. Die Augen, die müssen sprechen. Die kann niemand hindern. Nicht einmal sie selbst. Durch die Gläser sprechen riesenhaft Ärger und Angst. Der Mund versucht abzulenken von den sprechenden Augen. Die Lippen sind ein Strich, so fest aufeinandergepresst. Hermetisch. Ein Knacken ist zu hören. Wohl der Unterkieferknochen. Die Hände streichen über die Tischkante.

Sie nickt mehr mit dem Hals als mit dem Kopf, wenn ihr Fragen gestellt werden. Sie zischt durch die Zähne und schreckt sich. Wieder sind ein paar Begriffe entkommen. Beharrlich streichen die Hände über die Tischkante.

Sie macht die Schulung.

C

Alles versucht sie bei sich zu behalten. Nichts soll sie verraten. Nichts nach außen dringen, was Auskunft geben könnte über sie.

Frei ist nur ihr Geruch. Wie ließe sich der halten? Er dringt machtvoll nach draußen. Er kennt Wege, die sie nicht steuern, nicht überwachen kann. Aber er verlässt sie nicht. Er flieht sie nicht. Sobald er die Grenzen des Körpers hinter sich gelassen hat, legt er sich artig um sie. Nichts mehr zu merken von starkem Freiheitsdrang. Keine Flucht, kein Verstecken. Erst einmal in Freiheit, ist er loyal. Steht zu ihr. Ja, klammert sich an sie. Die Haut, die es zu durchdringen, zu überwinden galt, Pore um Pore. Sie ist nun sicheres Refugium. Dort lässt sich der Geruch nieder. Umwabert sie schmeichelnd und fest.

Alles an ihr ist unverhältnismäßig stark und intensiv. Auch das, was den Weg nach draußen schließlich findet. Nichts

Liebliches ist an ihr. Nicht an ihrem Äußeren. Nicht an ihrem Blick. Nicht an den Händen und Füßen, die größer sind, als man vermuten würde.

So auch nicht an ihrem Geruch. Er ist bitter und stechend. Er verteidigt sie, umgibt sie mit Dornen und Stacheln. Eifersüchtig hütet er sie. Er eilt ihr voraus. Beflissen, emsig. Macht Platz, macht Platz. Und es wird Platz. Der Raum um sie wird weiter. Die Menschen weichen unwillkürlich zurück. So eifrig betreibt er sein Handwerk, so effektiv übt er seine selbst ernannten Pflichten aus. In einer Wolke geht sie, sitzt sie, lebt sie. Ein eigenes kleines Universum. Im Nebel.

D

Die inneren Mittel sind beschränkt. Verständigung ist schwierig, anstrengend und fast immer überflüssig. Wer aber einen Kurs machen will, muss mit der Umwelt in Kontakt treten. Oder zumindest zulassen, dass Menschen näher kommen. Jedenfalls bis das Nötigste gesagt ist, bis alles unter Dach und Fach ist. Viele Wörter, die anderweitig besser und nötiger gebraucht würden, müssen verschwendet werden. Hat sie vielleicht ein Füllhorn? Die Sprache wächst auch nicht unbegrenzt nach. Genauso wie das Denken.

Was all die Jahre gebraucht hat um zu wachsen, soll jetzt in kürzester Zeit vergeudet sein? All die geduldigen Gedankenteilchen, die in ihrem Kopf langsam Gestalt angenommen haben, sollen jetzt ans Licht? Sollen gar erzählt werden? Ja, wem denn um Gottes Willen? Es sind doch ihre.

Hat sie nicht all die Jahre darum gerungen, vor ihrer Mutter, ihrer Großmutter zu verbergen, was in ihrem Kopf vorgeht. Und jetzt soll sie Wildfremden, auf scheinbar harmlose Fragen hin alles preisgeben. Ihr Kiefer knackt. Ihre Hände streichen mechanisch über die Tischplatte. Der Pullover leuchtet abwehrend.

Immer hat sie dieses Drillbohrergefühl, wenn jemand sie anspricht. Sofort schmerzt der Kopf. Dort setzen die Bohrspitzen an. Freilich leugnen es alle. Niemand sieht das grässliche Werkzeug. Angeblich. Doch sie ist nicht so dumm, sich anbohren zu lassen.

Ist nicht in ihr ein Wunder geschehen? Hat sie nicht alles, was sie zum Leben braucht, in sich? Nicht wie die anderen, die immer nach außen drängen mit allem. Die sich zwanghaft mitteilen und dabei alles verderben. Die statt in sich selbst in anderen sich einrichten. Schon als kleines Mädchen kam es ihr unheimlich vor, dass Mutter und Oma wissen wollten, was sie machte, dachte, fühlte, träumte. Dabei träumte sie gar nicht. Nie. Sie träumte nicht, weil das mit dem Träumen sicher so war wie mit dem Hören. Was man im Traum sieht, innen, sieht man wirklich. So wie das, was man innen hört, auch außen ist.

Als Kind hatte sie das alles sehr kompliziert gefunden. Jetzt war es ihr ganz klar. Es war so einfach. Da war kein Geheimnis dahinter. Das war so wie mit dem Berühren. Wenn man sich eine Berührung vorstellte, war sie nicht nur im Kopf und in den Gedanken, sie war auch auf der Haut. Sie wusste es. Sie hatte es erlebt. Aber es war auch jede äußere Berührung innen, und das war oft grausig. Darum wollte sie nicht berührt werden und auch niemanden berühren. Außer Sachen, bei denen machte es nichts. Die taten nichts. Die konnte man mit Gedanken verändern, wie man wollte. Sie aber konnten das nicht. Die waren nicht wirklich so, wie sie sich anfühlten. Über die hatte sie innen Macht. Wie bei den Händen auf der Tischplatte. Oder den Füßen in den Hausschuhen. Oder bei der Kleidung, die sie trug.

Die anderen konnten das nicht verstehen. Das kam daher, dass die nicht so viel nachgedacht hatten über alles. Die hatten geredet und gespielt. Vor allem aber geredet. Ohne zu wissen, dass beim Reden die Gedanken nicht wachsen können, sondern ihnen die Kraft ausgeht. Dass sie verschwinden, dass sie sich auflösen. Man zerredet sie. Dann sind sie weg. Und kommen nicht wieder. So viele gibt's ja auch nicht, dass die immer wiederkommen könnten.

Oft hat sie Angst, dass durch das viele Reden die Menschen alle Gedanken wegreden könnten, und dann wären am Ende vielleicht keine mehr über, mit denen sie ihre schöne Welt ausschmücken könnte. Dann wäre alles nackt und kahl. Und dann würde immer irgendetwas woanders anstoßen und eine Berührung sein. Innen und außen. Das wäre das Ekligste. So möchte sie nie leben müssen. Darum gibt sie auch so Acht auf ihre Wörter. Ihre Gedanken. Und sagt sie niemandem. Nicht einmal der Mama hat sie je etwas gesagt. Und damals war sie noch ein Kind. Da war es oft schwer.

H

Manchmal tut ihr der Mund richtig weh vom Zuhalten. Vom Aufpassen, dass nichts raus kann, was nicht raus soll. Wie stark sie dabei sein muss. Leider kann sie das niemandem sagen, denn wer weiß, was sich dabei alles aus ihr herausschwindeln würde. Auf Nimmerwiedersehen. Nicht auszudenken. Dieses Risiko geht sie lieber nicht ein.

Manchmal muss sie eben abwägen, was ärger ist. Reden oder dass etwas noch Wertvolleres sie verlassen, aus ihr fliehen würde. Zum Beispiel hat sie sich am Finger verletzt. Weil der Tisch nicht ganz in Ordnung war. Das sollte eigentlich nicht sein. Ein Tisch sollte immer eine schöne Kante haben. Eigentlich sollte man schon gefahrlos an der Kante entlangfahren können, oder. Sie hat sich dann an einem Span die Haut aufgerissen. Nicht viel, aber sie hat geblutet. Zuerst wollte sie das Blut ablecken und schlucken. Damit es nicht weg kommt. Das haben aber die anderen gemerkt. Im Kurs. Und haben sie gefragt, was los ist und woher sie das Blut hat und was sie gemacht hat, dass es blutet. Bei Blut fragen immer alle nach. Das wollte sie nicht. Die haben aber nicht aufgehört. Darum ist sie dann nach oben gegangen ins Sekretariat. Dort ist eine Frau, die fragt zwar, aber man muss nicht unbedingt antworten. Die kennt sie schon. Das hat sie gleich gemerkt, dass man der nicht antworten muss. Zu der ist sie gegangen. Und die hat ihr, ohne dass sie was sagen musste, ein Pflaster auf den

Finger geklebt. Naja, berührt hat sie sie dabei schon, das hat sich nicht vermeiden lassen. Aber das war immer noch besser als mit den anderen reden müssen. Dabei wären wahrscheinlich viel mehr Gedanken verloren gegangen als so. So ist nur eine Berührung zum Verstauen im Inneren dazugekommen.

Man muss also immer genau abwägen. Überlegen, was besser ist. Zum Überlegen braucht es aber Gedanken und Wörter. Und darum muss man damit sparen. Dass nicht alle gleich weg sind. Man weiß ja nicht, wie lange man lebt und wieviel man im Leben noch denken muss. Darum ist Sparsamkeit wichtig.

I

Den Kurs macht sie auf jeden Fall. Auch wenn ihr manchmal etwas Blödes passiert. Das mit dem Pullover zum Beispiel. Wie ihr das passieren konnte, dass sie den rosa Pullover genommen hat, kann sie sich im Nachhinein gar nicht erklären. Den kann sie noch weniger ertragen als den türkisen. Wahrscheinlich war es, weil sie an einem einzigen Tag so viele Wörter verbrauchen musste. Es war eine Ausnahmesituation. Da kann schon einmal etwas durcheinanderkommen.

Der rosa Pullover jedenfalls hat dazu geführt, dass die Leute sich jetzt gar nicht mehr um sie kümmern. Wie wenn sie gar nicht da wäre. Obwohl, zuerst waren sie aufgeregt, weil der türkise weg war. Sie stand plötzlich ganz im Mittelpunkt, nur wegen der anderen Pulloverfarbe. Ansonsten sieht der Pullover genauso aus wie der türkise. Es könnten auch geometrische Muster eingestrickt sein, wie es in den Achzigern modern war. Das hat ihre Mutter aber Gott sei Dank nicht gemacht. Dazu war sie zu bequem und sie musste ihr nicht einmal etwas deswegen sagen.

Jetzt glauben jedenfalls alle, dass sie sich verändert hat. Dass ihr der Kurs gut tut. Dass sie sich in der Gruppe schön langsam zurechtfindet. Dass sie sich entwickelt.

Ihr kann's egal sein, Hauptsache, sie kann in Ruhe an ihrer feinen Welt weiterbauen. Gerade jetzt muss sie aufpassen.

Leseanleitung für modulare Geschichten

1. Titelblatt lesen, beiseite legen

2. restliche Blätter nach Lust und Laune mischen

3. jedes Blatt bildet eine eigenständige Episode und doch gehören alle zusammen und ergeben erst gemeinsam eine Geschichte. Die Reihung spielt jedoch keine Rolle.

✌

DORON RABINOVICI

Kurz gesagt: Es gibt Geschichten, die erschließen sich mir nur, wenn sie prägnant, rasant und wendig daherkommen. Ich kann sie nicht anders schreiben und ich will sie nicht anders lesen. Es ist wie beim Erzählen eines Witzes. Er wird nicht besser, wenn ich ihn auswalke wie den Teig des Wiener Strudels. Die Kurzgeschichte kann mich unversehens mitreißen, denn sie setzt im Unmittelbaren, im Alltäglichen an, um mir miteins den Boden unter den Füßen wegzuziehen. Unter dem scheinbar Normalen lauert die Untiefe, die Groteske.

Das Lesen einer Kurzgeschichte, so heißt es, ähnle dem Aufspringen auf einen fahrenden Zug, doch, so möchte ich hinzufügen, das ist bloß die halbe Wahrheit, denn zum Schluß werden wir durch eine jähe Wendung wieder abgeworfen und hinauskatapultiert aus der Erzählung.

Ich gebe zu, der Kurzgeschichte verfallen zu sein, und zwar eben deshalb, weil sie eine Skizze bleibt. Mit wenigen Strichen drängt sie zum Wesentlichen. Sie ist die kürzeste Verbindung zwischen kleiner Form und großer Wirkung. Hier kommt es auf jedes Wort an, und kein einziges darf zuviel sein.

Der Roman lebt von den Ausführlichkeiten. Er kann sich Abschweifungen erlauben. Die Kurzgeschichte nicht. Sie ist ein Kunstwerk im Zeitalter technischer und urbaner Schnelligkeit. Sie meidet Pathos und Gefühligkeit. Ihr geht es ums Lapidare.

Es ist deshalb kein Zufall, wenn sie im Deutschen unter Verdacht steht. Die Verlage scheuen davor zurück, Sammlungen von Kurzgeschichten zu veröffentlichen, da – so wird behauptet – solche Bücher sich nicht gut verkaufen würden. In den Vereinigten Staaten werden Kurzgeschichten in den renommiertesten Zeitschriften publiziert. Nicht so im deutschsprachigen Raum. Hier gilt die Kurzgeschichte vielen Lesern nur als Fast Food der Literatur. Sie wird als Amerikanisierung der Dichtung abgetan und ihr wird Stillosigkeit, Standardisierung oder schiere Flachheit vorgeworfen. Nichts daran ist wahr: Die Kurzgeschichte zwingt mich, eine kompakte Einheit von Sinn und Form zu finden. Sie bietet mir zudem die Möglichkeit, jedes Mal neue Regeln zu erfinden. Sie ist immer wieder ein neuer Entwurf.

Schreibe ich eine Kurzgeschichte, komme ich nicht in Versuchung, die Wirklichkeit im Großen und Ganzen abbilden zu wollen. Ich zeichne eine Szene im Kleinen und im Zerbrechlichen nach. Was ich mit der Kurzgeschichte erzähle, bleibt Fragment. Ich gebe nicht vor, es könne eine heile Welt geben. Im Gegenteil: Alles ist im Umbruch. Jeder Text steuert auf einen Bruch, auf einen Umbruch zu.

Manche Geschichten sind wie ein Peitschenschlag. Ich lese mich wund an ihnen. Gute Kurzgeschichten reißen mich auf und reißen mich mit. Sie gönnen mir keine Schonfrist. Sie erlauben mir keine Atempause. Sie müssen nicht abgelegt werden, weil der Alltag mich zur Unterbrechung zwingt oder der Schlaf mich übermannt. Ich muß sie in einem Zug beenden. Sie erreichen mich mit einem Mal. Zu schnell fesseln sie mich und zu unerwartet kommen sie zum Schluß, um mich ihnen entziehen zu können. Kaum habe ich so eine Kurzgeschichte begonnen, ist es um mich geschehen.

Über den vierten Bezirk

Fred war so eigen, daß Renée ganz anders wurde. Männer, die ihr Ziel schnurgerade anpeilten, bemühten sich um sie, wurden ihr von der Familie vorgestellt, interessierten sie jedoch nicht. Sie wollte nicht bloß vorankommen, sondern suchte nach einem Abwegigen. Fred etwa, ein schlaksiger Kerl mit kleinem Buckel, hatte nach einer Party angeboten, sie nach Hause zu fahren, und raste sogleich in die falsche Richtung los. Sie wies darauf hin, doch er erklärte, er fahre immer über den vierten Bezirk. Wohin es auch gehe. Dieses Viertel hatte er auserkoren, Angelpunkt seines Lebens zu sein. Er war dort nicht aufgewachsen, hatte nie dort gelebt oder gar gearbeitet, nur meinte er, die Stadt erschließe sich ihm von hier am besten.

Fred schrieb an einer Dissertation über die italienische Transavantgarde. Auf diesem Gebiet verirrte er sich nie, sein Geld verdiente er als Museumsführer. Geleitete er eine Gruppe durch Ausstellungen, begnügte er sich nicht mit den Fakten. Seine Erörterungen gerieten zu Plädoyers. Er erhob seine Stimme gegen Ignoranz oder Voreingenommenheit, spottete über Ansichten der Kulturrezensenten, widersprach den Konzepten der Kuratoren. Renée war von Freds Exkursen über die Kunstgeschichte zwar beeindruckt, doch es war seine Umständlichkeit, die sie angenehm verwirrte. Seine Marotte ließ sie den Boden unter den Füßen nicht mehr spüren. Ihr wurde schwummerig, wenn er in sein Viertel abbog. Bei Ausflügen traf sein Auto unweigerlich zuletzt ein. Wer mit Fred befreundet war, ärgerte sich nicht über seine Unpünktlichkeit. Sein Verzug war berechenbar. Er mußte einen längeren Weg bewältigen. Immer.

Bereits mit dem ersten Abstecher in den vierten Bezirk hatte er sie für sich eingenommen. Ein kleiner Schlenker, und Renée, sonst so unbezwingbar, war erobert gewesen.

Jahre später hieß es, die beiden wollten sich trennen, und Renée habe eine Affaire mit Paul, mit Freds vormals bestem Freund. Renée aber gab nach einigen Monaten die Liebschaft wieder auf und blieb bei Fred.

Sie stritten unentwegt. „Ich halte es nicht mehr aus, ihn und seine Kapriolen", klagte sie. „Bei jedem Termin, in noch so großer Eile, fährt er über den vierten Bezirk. Ich hasse die Gegend, seit jeher." Fred versprach, seine Angewohnheit abzustellen, doch er konnte nicht dagegen an. Im Gegenteil, ohne zu merken, obgleich er die vertrauten Straßenzüge meiden wollte, landete er trotz aller Vorsätze immer wieder in seinem Viertel. Er verfuhr sich, bis er dorthin gelangte. Sie verlachte ihn. Er schrie daraufhin, ihr Lauern bloß lasse ihn unsicher werden, mache ihn irre, ihretwegen habe er sich verfahren, ihr zuliebe verfahre er sich seit Jahren, bereits damals in der ersten Nacht. Sie brüllten aufeinander ein, während er versuchte, dem Gassengewirr zu entkommen, als plötzlich ein Kind über die Straße lief. Er bremste scharf, berührte es kaum. Der Junge rannte weiter.

Fred zog am nächsten Tag aus. Der Unfall, zu dem es nicht gekommen war, riß sie entzwei.

Jahre später traf er sie mit Ehemann, einem Informatiker, auf einem Sommerfest. Die drei verstanden sich gut, bloß Renée glaubte, ihr Walter lache ein wenig zu laut über Freds Scherze.

Danach brachte Fred sie heim. „Fährst Du heute gar nicht über den vierten Bezirk? Schade", sagte sie mit einem leisen Lächeln, doch die Männer, beide, schüttelten den Kopf und meinten, der Stadtteil liege ja gar nicht auf dem Weg.

Haffner

Wie anders war doch der junge Sigi Haffner gewesen, in den sich die Studentin Lotte Feldmann vor Jahrzehnten verliebt, den sie bald geheiratet hatte. Sigi, jener Bonvivant, der Künstler gekannt, Essays über Literatur geschrieben, mit gefährlichen Stoffen herumexperimentiert hatte, war Lotte wie ein lang ersehntes Lebenselixier erschienen. Haffner, so hatte sie gehofft, würde endlich Bewegung in ihr Dasein bringen können; doch statt dessen war er an ihrer Seite versteinert. Er hatte alle Forschungen verworfen, seine Unbekümmertheit vergessen und eine Stelle im Kosmetikbetrieb angenommen.

Wie sie ihren Gatten und seine Leidensmiene haßte! Hatte sie für ihn etwa nicht ihr Studium aufgegeben? Sie fürchtete den Tag, an dem er nicht mehr zur Arbeit gehen würde.

Haffners Stunden waren gezählt. Jegliche Verrichtung hatte der Alte einer bestimmten Minute zugerechnet, und jeder Tag folgte dieser Kalkulation. Er nahm sich keine Zeit, sondern unterwarf sich ihrem Diktat ohne Vorbehalt. Wenn Sigmund Haffner von der Mittagspause ins Labor zurückkehrte oder nach der Jause die Toilette aufsuchte, blickte der Chef auf seine Uhr und stellte sie bei Bedarf neu.

Haffners Körperhaltung betonte seinen Minderwuchs. Der Rücken krümmte sich zum Buckel, der Kopf lag zwischen den Schultern und thronte auf der Brust. Bloß wenige weiße Härchen säumten die Glatze.

Die Assistenten schwärmten von der Intuition des Alten. Haffner selbst hingegen hätte seine Leistungen nie hervorgehoben. Er arbeitete an der Entwicklung neuer Kosmetika und auf seine Pensionierung hin. Seine einzige Leidenschaft war der Ankauf von Büchern für die eigene Bibliothek. Im Ruhestand wollte er mit seiner Frau Lotte diesen Schatz heben; dann würde er zu lesen die Zeit haben, dann würde er sich wieder seiner Liebe zur Literatur widmen.

Einen Monat vor der Rente jener Unfall im Labor. Säure verätzte ihm die Augen, raubte ihm die Sehkraft mit einem Schlag. Als Lotte ihn im Krankenhaus besuchte, wisperte er: „Ich kann nichts mehr erkennen, Liebste. Wirst du mir aus meinen Büchern vorlesen?"

Am ersten Morgen zu Hause erwachte er zur selben Zeit wie immer. Eine Stunde später saßen sie in seiner Bibliothek, und Lotte las dem Blinden aus einem Roman vor. Sie sah seine Freude. Den Schluß änderte sie kurzerhand um. Sie sah seine Bestürzung. „Das soll das Ende sein?" fragte er.

Seit diesem Tag widmete sich Lotte der Zerstörung jeder Geschichte. Sie kannte ihren Sigi, wußte, mit welchen

Wendungen sie ihm seinen Genuß vergällen konnte. Fäden, die über Hunderte von Seiten zusammengeführt worden waren, durchtrennte sie mit einem Satz. Wenige Worte, und der Held verstarb, bevor er sein Ziel erreicht hatte, oder ein zärtlicher Liebhaber verpaßte seiner Angebeteten mit einem Mal einen Tritt. Jeglicher Sinn wurde verkehrt.

Lotte sah seine Qual und lebte auf. Ihn durchlief ein Zittern, sobald sie solch eine Änderung vortrug. Eines Tages griff er sich dabei ans Herz, ächzte kurz und fiel zu Boden. Sie stürzte sich auf ihn, schlug mit den Fäusten gegen seine Brust und rief: „Das soll das Ende sein?"

Der Letzte

Er war der Letzte. Er war aufgefordert worden, rechtzeitig im Schulgebäude zu erscheinen. Er hatte nur das Notwendigste mitzunehmen. Seinen Ausweis durfte er keinesfalls vergessen. Er zog sich an, um sich transportfertig zu machen. Er wußte Bescheid. Sie würden ihn zum Bahnhof bringen, wo der Zug zu besteigen war. Er war der Letzte.

Es war die Fahrt, die seine Eltern, der Onkel und die Tante, aber ebenso seine Schwester unternommen hatten. Keiner von ihnen war zurückgekehrt. Der Brief hatte ihn erst erreicht, als sie bereits tot waren. Davon sollte er später hören. Da war er ihnen längst nachgefolgt.

Um ihn Kindergeschrei. Er blieb in sich versunken in seiner Ecke. Er kannte die Strecke. Genauso still war er damals in einer Nische gesessen. Um ihn die Stimmen der Kleinen.

Das Quietschen der Bremsklötze. Der Lärm bei der Ankunft. Sie holten ihn. Sie holten ihn immer wieder. Sie holten ihn immer wieder ein. Das Gedränge. Die Atemnot. Das Gefühl, die Luft werde zu dünn. Beim Aussteigen sah er sich fallen. Es war, als stürze er in Zeitlupe, und er hörte noch den Schrei der Schülerin, die vor ihm stand. Er sank auf sie hin und kaum lag er auf dem Boden, kam er wieder zu sich. Ein Pädagoge gab Befehle aus. Eine Lehrerin redete auf ihn ein. Sie fragte ihn, ob er wisse, wie er heiße? Ob er sich erinnere, wo er sei?

Er kenne seinen Namen und selbst die Nummer, antwortete er, und er werde diesen Ort nicht vergessen. Da brauchten sie keine Angst zu haben. Er werde gleich aufstehen. Nur eine kleine Schwäche. Sie wollten einen Arzt holen. Es gebe hier medizinische Versorgung. Er müsse sich schonen. Er sei doch der Letzte. Aber er schrie, er benötige keine Hilfe. Er sei einsatzfähig.

Sie ließen ihn aufstehen. Sie hießen ihn, bis zum Tor zu gehen. Die Füße schmerzten. Schwer hielt er sich nur auf den Beinen. Die Sonne drückte ihn nieder. Der Schweiß rann an ihm herunter. Er führte sie durch die Stationen. Er antwortete auf alle Fragen und gab alle Namen preis.

Sein Blick wurde löchrig. Um ihn funkelte das Licht. Die Lungen taten ihm weh, als trage er wieder Steine. Er hörte sein Herz. Er versuchte, nicht darauf zu achten und sprach laut, um es zu übertönen, doch er spürte jeden Schlag, und es peitschte ihn voran. Er wußte nicht mehr, ob er überlebt hatte oder bloß noch nicht fertig gemacht worden war. Hunderte Male wiederholte er seine Geschichten und ihm war, als sei ihm nur nicht vergönnt gewesen, mit den anderen umgebracht worden zu sein.

Am nächsten Tag kehrte er in seine Stadt heim und beschloß, diese Fahrt nie wieder mitzumachen. Er wurde zu Feiern geladen, zu Kundgebungen bestellt, auf Podien gebeten, zu Studiogesprächen gerufen, von Schulen angeschrieben, von Historikern aufgesucht, ja, ihm wurde auch Geld für seine Auftritte und Referate angeboten, da er schließlich der eine Letzte sei, der Allerletzte. Aber er sagte alles ab. Er wolle nicht mehr das Gespenst vergangener Zeiten sein. Er stehe als Schaustück ihrer Erinnerung nicht mehr zur Verfügung. Nun gehe er in Pension.

Zum ersten Mal seit Jahrzehnten brach er in den Urlaub auf. Er fuhr ans Mittelmeer und dachte an die vielen Sommer, in denen seine Frau und er nicht in die Ferien gereist waren, um ihre Toten zu beehren. Dann tauchten die Zedernwälder auf, von denen er seit seiner Jugend träumte. Er erkannte die roten Ziegeldächer wieder. Er roch das Salz der See. Er wollte die Küste sehen, und als er aus dem Fenster schaute, hörte er das Quietschen der Bremsklötze, das Geschrei, und ehe er beim Aussteigen hinfiel, wußte er sich wieder angekommen in der Endstation.

CAMERON RAYNES

Übersetzung Ka Ruhrdorfer

In einem früheren Lebensabschnitt, als ich ethnologische Feldforschungen auf einer großen Viehfarm, die Aborigines gehörte, weit im Norden Australiens durchführte, las ich viele Traumgeschichten von Aborigines, die die Schaffung der Erde behandeln. Da ich zu jener Sorte Menschen gehöre, die nach Mustern in allem suchen, las ich sie sehr genau. Ich fand heraus, dass das Hauptaugenmerk bei den meisten dieser Geschichten auf dem Teilen und Verteilen von Nahrung lag. Um es einfach auszudrücken, erzählen diese Traumgeschichten, was denjenigen an Bösem widerfährt, die nicht teilen.

Obwohl sich die Kurzgeschichte als Gattung einer einfachen Definition eher entzieht, herrscht allgemeine Übereinkunft (von Aristoteles über Propp und so fort), dass sich Geschichten mit dem Erzählen von miteinander verbundenen Ereignissen beschäftigen. Wenn wir dem zustimmen, dass in einer Geschichte etwas passiert, dann scheint sich eine bedeutsame Anzahl an Kurzgeschichten näher an Charakterstudien oder Lebensabschnitten zu befinden. Wenn du solch eine Geschichte in einem Café oder einer Bar erzählst, erntest du ein Achselzucken und Ausrufe wie „Na und?" oder „War's das?", wenn du damit fertig bist. Wir alle kennen Beispiele. Indem manche dieser Geschichten Hemingway nacheifern, beschwören ihre VerfasserInnen vielleicht einen prägnanten Weltschmerz, der einst in der Literatur in Mode war.

Während manche Geschichten von Hemingway dem Schein nach wenig Handlung haben, passiert aber doch oft viel. In „Hills Like White Elephants" („Hügel wie weiße Elefanten") erleben wir Augenblicke, in denen eine Beziehung unterschwellig zusammenbricht; in „Another Country" („Fremdes Land") sehen wir den geistigen Verfall eines verwundeten Soldaten. Die Struktur der letzteren Geschichte betont noch, dass nicht viel geschieht, indem die Geschichte von einem anderen, ebenfalls verwundeten Soldaten erzählt wird, und zwar ausdruckslos, ohne Gefühle. Tatsächlich gibt Hemingway selten Hinweise auf die Emotionen seiner Personen. Als der Mann in „Elefanten" seiner Gefährtin zu versichern versucht, dass ein bestimmter medizinischer Eingriff (d.h. Abtreibung) sicher ist und nur geringe Folgen hat, sagt sie zu ihm, dass die Frauen, von denen sie weiß, dass sie es durchgemacht haben, „nachher … alle so glücklich waren". Darin liegt Sarkasmus, und nicht wenig, doch wir müssen es erlesen. Von der Frau gibt es nicht den geringsten Hinweis auf Unwille; nicht einmal ein fast unmerkliches Schulterzucken, dass uns alarmieren würde.

Eine Kurzgeschichte schreiben zu können, im Gegensatz zu einem Stück eines Lebensabschnitts oder einer Charakterstudie, erfordert eine bestimmte Art von Mut. Denn eine Geschichte, in der etwas passiert, hat eine Form, die ihr die Fähigkeit verleiht, eine Moral zu übermitteln, eine Erkenntnis, ein Versagen, eine Erlösung, eine Änderung in der Art, in der die Hauptperson sich selber oder die Welt sieht. Doch viel mehr als das legt eine Geschichte mit ihren implizierten Mustern von Ursache und Wirkung, Gerechtigkeit und Ödnis die Sichtweise der AutorInnen auf die Welt, ihre eigene Sensibilität und Moral frei.

Für mich sind die tapfersten (und zufriedenstellendsten) Kurzgeschichten jene, die eine Geschlossenheit andeuten, indem oft absichtlich ein Echo, ein Mitschwingen, eine Schleife eingebaut wird, so dass du, sobald du die Kurzgeschichte zu Ende gelesen hast, in sie nochmals eintauchst. Das kann durch ein wunderbar platziertes Wort am Ende oder ein schön konzipiertes abschließendes Bild erreicht werden. Denkt an die Propheten, Engel und den „Feuerofen" im letzten Satz von Flannery O'Connors tragikomischem Meisterwerk „A Circle in the Fire" („Ein Kreis im Feuer") und wie die Knaben zuvor Hollis erzählen, dass die Wälder Gott und nicht Frau Pritchard gehören.

Wenn in einer Geschichte nichts passiert, haben die Personen keine Gelegenheit, eine Entscheidung zu treffen; sie haben keinen Grund, sich für die eine oder andere Handlung zu entscheiden. AutorInnen, die diese Wahl von den psychologischen und motivierenden Landschaften, in denen ihre Personen leben, entfernen, nehmen ihnen damit auch die Fähigkeit, nach irgendwelchen Prinzipien, die sie haben mögen, zu handeln, oder irgendeinen Sinn der Verantwortung, die sie für die Geschehnisse rund um sie empfinden könnten.

Solche Geschichten verfügen über eine eingeschränkte Fähigkeit, die LeserInnen zu fesseln und ihr Interesse anzustacheln. Denn vor allem anspruchsvolle LeserInnen wollen wissen, woraus die Personen, die sie sich nun aktiv vorstellen sollen, gemacht sind. Sie wollen wissen, wie sie ticken. Sie wollen sie in Konflikten sehen, in äußerster Anspannung, und wie sie von den Dingen, die um sie herum passieren und wegen der Entscheidungen, die sie treffen, außer Form geraten, denn unser Charakter zeigt sich nur in den Entscheidungen und Handlungen, die wir setzen. Wie Kurt Vonnegut empfiehlt: „Sei ein Sadist. Wie süß und unschuldig auch immer die Hauptpersonen sein mögen, lasse ihnen schreckliche Dinge widerfahren, damit die LeserInnen sehen, aus welchem Holz sie geschnitzt sind."

In Geschichten, in denen tatsächlich etwas passiert, zum Beispiel bei Peter Matthiessen in „The Wolfes of Aguila", Ron Rash in „Lincolnites", Annie Proulx in „Bedrock" und Elizabeth Strout in „Starving", lernen wir sehr viel darüber, wozu die Hauptpersonen fähig sind. Jede dieser wunderbaren Geschichten, wie auch die Traumgeschichten der Aborigines, nehmen Bezug auf wesentliche Themen, denen wir als Mitglieder sozialer Gruppen begegnen, als Individuen, die von anderen umgeben sind.

Sich nicht darum zu scheren, was andere von dir denken und sich jedem Vertuschen zu verweigern ist wahrscheinlich die beeindruckendste Art von Mut. Denk an manche Leute, die eine Missbildung im Gesicht oder an einer anderen

Körperstelle haben und die ihrem Leben nachgehen und in der Öffentlichkeit mit Würde auftreten, und dann denk an tausende andere in ähnlichen Situationen, die sich (verständlicherweise) dafür entschieden haben, sich von der Öffentlichkeit zurückzuziehen.

In diesem Zusammenhang ist vieles, was über Schreibblockaden geschrieben wird, Unsinn. Solche „Blockaden" hängen fast überhaupt nicht mit fehlenden Ideen zusammen, sondern beinahe ausschließlich mit der Lähmung, die AutorInnen heimsucht, wenn sie begreifen, dass jede Geschichte, die sie schreiben, enthüllt, wer sie sind. Hält meine eigene Arbeit immer den Anforderungen, die ich hier stelle, stand? Vielleicht nicht. Bin ich meinen eigenen Prinzipien in „Granite Country" („Moos auf Stein") gerecht geworden? Oder in anderen Geschichten aus dem Band „The Colour of Kerosene" (dem diese Geschichte entnommen ist)? Das Urteil überlasse ich den LeserInnen.

Moos auf Granit

Es war noch finster, als wir von Albany abreisten. Trotz der Schlaftabletten war Catherine um ungefähr fünf Uhr früh aufgewacht. Bald danach, als die Kaffeekanne auf dem Küchenboden zerschmetterte, war auch ich wach.

Wir fuhren Richtung Norden, von wo die schlechten Nachrichten gekommen waren. Drei Stunden später gelangten wir auf den Forrest Highway und rasten an Mandurah vorbei, nur Sand auf der Straße und blauer Himmel über uns. Alles, was ich anschaute, erinnerte mich an Ken Done. Harte Linien, fröhliche Formen, Farben wie in einem Comic. Ich musste daran denken, was für ein egoistischer Scheißkerl Scott war.

Onkel Gary schien die Situation im Griff zu haben. Er war übergewichtig, mit Goldschmuck und einem wohlmeinenden Lächeln beladen und stand in Kontakt mit dem Leichenbeschauer, der Polizei und dem Bestattungsunternehmer. Niemand freut sich über einen Selbstmord.

„Überlasst es ruhig mir", sagte er mit verschränkten Fingern, auf denen klotzige Goldringe glitzerten, als wir in einem Straßencafé namens Gino in Fremantle saßen und die Einheimischen beobachteten. Sie alle waren viel bunter als die Leute bei uns zu Hause.

„Danke", sagte Catherine und umklammerte unter dem Tisch meine Hand.

„Wenigstens hat er damit bis nach dem Tod deiner Mutter gewartet", sagte Onkel Gary, und Catherines Nägel bohrten sich in meine Handfläche, und ich zuckte vor Schmerz auf. Onkel Gary fasste es als Abneigung auf und begann sich zu entschuldigen, doch bei mir, nicht bei Catherine. Wir gingen bald danach, recht einvernehmlich, und Catherine ließ ihre Makrone unberührt auf dem Teller liegen, und als ich über meine Schulter blickte, hob Onkel Gary sie an seinen Mund und sah uns nach, wie wir weggingen.

Wir blieben diese und die folgende Nacht bei Catherines verrückter, wunderbarer Tante Dot in ihrem schönen, alten Haus mit Wetterschenkeln in Cottesloe, das uns beide an unser eigenes Haus in Albany erinnerte. Wir tranken mit ihr Wein und aßen Huhn in Weinsauce nach einem Rezept, das sie vor dreißig Jahren aus Frankreich mitgebracht hatte, am Ende ihres Aufenthaltes als Bohemien. Um Mitternacht nahmen wir beide Tabletten, damit wir einschlafen konnten.

Wir erwachten und rochen den Duft des Ozeans und der Kiefern, und Sonnenlicht durchflutete unser Zimmer, und ich zog ihren schlanken Körper zu mir, und sie öffnete sich mir, und wir schaukelten ganz langsam und sachte vor und zurück, hörten das Krachen im Inneren des Bettes, bis wir beide kamen.

Tante Dot hatte uns Badetücher am Abend zuvor herausgelegt, daher gingen wir bis zum Ende der Straße, überquerten sie und gingen hinunter zum Strand. Der Sand war sauber und weiß und viel feinkörniger als zu Hause, und das Wasser war nicht so kalt. Wir schwammen hinaus, an der Cottesloe-Boje vorbei und ließen uns auf dem Rücken treiben, Seite an Seite, redeten Unsinn miteinander und mit den Möwen, als das Diazepam seine Wirkung verlor.

Am späteren Morgen gingen wir zum Haus, das Scott sich mit zwei Architekturkollegen am Swan River teilte, in der Nähe von Claremont. Obwohl es heruntergekommen war, Sprünge in den Wänden und nur einen Trog für die Wäsche hatte, bot es einen großartigen Ausblick auf den Fluss und musste wohl ein Vermögen an Miete gekostet haben.

Die Innenwände waren mit Kunst behangen, manches davon von Scott. Für meinen Geschmack gab es zu viele Pastellbilder, obwohl sein letztes, das noch auf der Staffelei lag, großartige Flächen aus strukturierten Ölfarben hatte, deren leuchtendste Farben sogar eine schmutzige Nuance hatten, die an Albany und die Gemälde von Guy Grey-Smith erinnerte.

„Er hat immer gesagt, du musst in den Norden fahren, wenn du den Durchbruch schaffen willst", sagte Catherine, als ich sein Zimmer musterte und merkte, dass Fotos fehlten, während ich um Häufen zerknitterter Kleidung herumstakste. „Dort sein, wo etwas los ist", fügte sie hinzu. Ich wusste alles darüber. Scott hatte uns beide mehr als einmal als „Moos auf Granit" bezeichnet. Sie suchte nach etwas und ich hatte den Eindruck, ich störte dabei, also ließ ich sie in seinem Zimmer und ging hinter das Haus. Der Garten dahinter war eine Ödnis aus Sand. Einer von Scotts Mitbewohnern saß an einem Plastiktisch und rauchte. Er hob seine Winnie Blue-Zigarettenschachtel hoch und bot mir eine an, aber ich schüttelte den Kopf. Er sah, wie ich die Eindrücke des chaotischen Gartens in mich aufnahm.

„Wir mieten nur", sagte er. „Könnten es uns nicht leisten, etwas hier zu kaufen, wenn wir tausend Jahre lang sparen."

Zu Scotts Begräbnis kamen erstaunlich viele Leute. Onkel Gary war glücklich, diesen Ruhm einzuheimsen und bewegte sich unter den Gästen wie ein Hotdogverkäufer bei einem Fußballmatch. Er schüttelte Hände, predigte reichlich und spendete freundliche Worte. Wir standen im Schatten eines Zitroneneukalyptusbaums, als der Bestattungsunternehmer über Scotts Liebe zur freien Natur sprach, von Kunst, und wie es unmöglich war, ihm das Landleben verdrießlich zu machen.

Catherine warf eine Ansichtskarte, die sie in seinem Zimmer gefunden hatte, ins offene Grab. Dog Rock, der Felsen in Hundeform im Herzen von Albany. Sein Lieblingsfelsen, als er ein Kind war und noch Geologe werden wollte. Scott war ein- oder zweimal in Albany gewesen, um zu überprüfen, ob sich Catherine um seine Anteile des Erbes kümmerte, das kleine Häuschen mit Wetterschenkeln, das wir als unser Zuhause betrachteten. Bei einigen Bieren sprach er über die

Häuser, die er plante.

„Schreckliche Kästen", sagte er zu mir. „Keine Traufen, keine Veranda. Vorzeige-Garagen."

Ich lachte darüber.

„Jedes Mal, wenn du dein Auto parkst, vergiftest du deine Kinder mit Kohlenmonoxid. Nur arme Leute kaufen so etwas."

Nach der Trauerfeier fuhren wir zurück durch die Flusslandschaften von Nedlands, Claremont und Peppermint Grove, erschreckt und entsetzt über den Reichtum. Das alte, müde Geld von Albany, seine verblichene Eleganz, seine Steinhäuser mit den weißgetünchten, vom Wind gescheuerten Wänden, war nichts im Vergleich dazu.

Um ungefähr drei Uhr am Morgen, als die Tabletten und der Wein wieder die Schlacht gegen meinen Kopf verloren hatten, ging ich um ein Glas Wasser in die Küche. Tante Dot saß in ihrem Schlafrock am Küchentisch, auf dem ein Glas Whisky stand, und legte Patience.

„Kannst nicht schlafen?" fragte sie.

„Nein."

Sie sammelte die Karten auf und mischte sie geschickt. „Hast du Lust auf ein Spiel?"

„Klar", sagte ich und setzte mich ihr gegenüber hin.

„Strippoker?"

Ich lachte laut auf.

Als ich zu Catherine zurückging, ergoss sich ein Armvoll Mondlicht auf dem Bett, und ich fand, Gottes Achtlosigkeit ist manchmal schön, doch ich wusste, dass der Begriff wohl zu milde gewählt war, und dass es Ihm einfach komplett gleichgültig war. Doch wir fuhren heute zurück in unser kleines Häuschen, das sich an den Clarence-Berg schmiegt, während der Wind geradewegs vom Antarktischen Ozean weht, der unablässig versucht, uns nach Norden zu bugsieren. Doch wir würden uns nicht wegbewegen. Hier gab es nichts für uns. Ich stand im Türrahmen. Catherine lag zusammengekauert da, schlief fest, das dunkle Haar auf ihrem blassen Gesicht. Die Schatten in den Falten der Bettdecke zeichneten sich wie kleine Schluchten ab, mit eingeritzten Rinnen in einer winzigen Bergkette. Das Bild von Tante Dot, wie sie sich zierte, das Gewand von den Schultern gleiten zu lassen, vielleicht die letzte, verrückte Fanfare als Bohemien, und zwei hängende, milchweiße Brüste freigab, ging mir durch den Kopf, doch mich tröstete der Gedanke, dass wir diesen sandigen Ort bald verlassen und zurück in unser Land aus Granit kehren würden, in den Süden, zu den ewig festen Felsen unter unseren Füßen.

REBEKAH CLARKSON

Übersetzung Ka Ruhrdorfer

Wenn ich eine Kurzgeschichte schreibe, besonders die Erstfassung, kommt es mir nicht wie schreiben vor. Eine Kurzgeschichte zu schreiben fühlt sich im Sinne einer sensorisch-emotionalen Erfahrung eher wie das Arrangieren dreidimensionaler Objekte in einem Raum an denn als das Gefühl, auf einem Blatt Papier mit Worten zu hadern. Ich denke an gewöhnliche Dinge in einem gewöhnlichen Raum – Blumen in einer Vase, Kerzen auf einem Tisch, Muscheln in einer Schale, kleine Töpfe oder Flaschen auf einem Regalbrett. Ich weiß, wie es sich anfühlt, diese Gegenstände anzuordnen, da es ich es selber oft mache. Ich fühle mich zum Konzept wie auch zur Tätigkeit des Arrangierens hingezogen. Es beinhaltet das Zusammenspiel zwischen dem Bewussten und Unterbewussten; es ist ein konzentriertes, tranceartiges Spiel. Wenn ich Dinge anordne, beachte ich ihre Beziehung zueinander, den Raum, Schatten, ihr Echo und schlussendlich den Gesamteffekt. Wenn ich Kurzgeschichten schreibe, spornt mich eben diese Ästhetik an. Daher identifiziere ich mich mit Kunst, die aus einem ähnlichen Impuls heraus entsteht. Bei der Anordnung von Stillleben geht es um intuitive Beziehungen, und wie jedes einzelne Element sich zu den anderen verhält. Analogien zur Musik können auch herangezogen werden; das Verhältnis zwischen Zusammenklängen, Noten und Variationen zu einem Thema. Bei Kurzgeschichten liegt der Schwerpunkt auf Worten. Schöne, gefährliche, schwierig verschlüsselte, differenzierte Worte. Für mich klingt es plausibel, dass Kurzgeschichten sich für Umstürze oder Umbrüche eignen. Dinge, die nirgendwo anders gesagt werden können, finden einen Platz in der Kurzgeschichte. Dieser mag im Schatten liegen, in der Gesamtwirkung oder in ausgespülten Ablagerungen, doch es kann sich einen Weg bahnen. Mich zieht das Paradoxe dieser Gattung an. Eine Kurzgeschichte kann von nichts und allem gleichzeitig handeln. Sie kann voll und abgeschlossen und einzigartig sein und doch in alle Richtungen überschwappen.

Salz und Honig

Herrlich, wie bernsteinfarbenes Kirchenfensterglas, regungslos und majestätisch ist der frisch geschleuderte, nicht erhitzte, dicke Honig. Still legt er sich als durchsichtiger Film auf den Betonboden. Ich blicke ihn wie gebannt an.

Das faltige, gerunzelte Gesicht meines Vaters erinnert mich an mein Haarband. Er springt wie ein irischer Tänzer in einer Art Jig herum, während er versucht, zum Ventil der Schleudertrommel zu gelangen, ohne Honig auf die Sohlen seiner Blundstone-Schuhe zu kriegen. Er hasst es, irgend etwas Klebriges anzufassen. Mir kommt es nicht eigenartig vor, dass ein Imker nichts Klebriges ausstehen kann.

„Salz!" Mein Vater schreit nach Salz. Er gibt noch etwas anderes von sich, das kein Wort ist und als Laut schwer niederzuschreiben ist. Es enthält ein C und ein G, vielleicht ein F und ein T. Schwer zu sagen, denn die Laute vermischen sich mit einem sehr aufgebrachten Schnauben nach Luft. Dann schreit er wieder. „Salz! Glenda! Bring mir Salz! Ich brauche Salz!"

Da ich nicht Glenda bin, bleibe ich in meiner Hocke auf der Seite. In meiner Ecke gibt es einen kleinen, trockenen Bereich in der Form von einem V. Ich knacse meine Zehen, damit sie innerhalb dieses Dreiecks bleiben, während ich auf meinem Hintern zwischen den Fersen sitze. Ich starre durch den Glashonig auf die vereinzelten Verunreinigungen im Beton, meist schwarze, zerquetschte Wachskügelchen und ein paar kaum wahrnehmbare Tüpfelchen. Am liebsten würde ich mich mit meinem Körper längs auf diesen üppigen, frischpolierten Bodenbelag werfen und darauf durch die Imkerei surfen, die ausgestreckten Fingern voran, die die Masse nur flüchtig berühren, während ich eine Honigwelle hinter mir lasse.

„Scheiiiße!" Mein Vater. So ähnlich hätte ich es auch ausgedrückt. Stimmt, wir erleben eine Katastrophe. Unser ganzer Kleehonig ist vergeudet wegen eines einfachen, blöden, übersehenen Details. Gott sei Dank war es nicht meine Schuld. Ich stehe schnell auf, drehe mich auf dem trockenen Beton in der Ecke und verschwinde rasch durch die Tür, um es meiner Mutter zu sagen.

Glenda. Ich entdecke sie in ihrem Zimmer, wie sie auf dem Bett liegt und die Decke, die Glühlampe anstarrt. Das macht sie oft. Sie trägt noch immer ihre dicke Arbeitskluft, den dreckigen Overall von heute Morgen. Ich erzähle ihr, was mit dem Kleehonig passiert ist und sage, sie soll Salz bringen. Langsam schwenkt sie ihre Beine herum, steht auf und dreht ihr langes, graues Haar zu einem Knoten auf dem Hinterkopf. Ich folge ihr aus dem Zimmer, bleibe aber bei der Küche stehen.

Wenigstens haben wir noch den Jane-Honig[1]. Er ist dunkler als der Kleehonig und bringt weniger Geld ein, aber wir haben zwei Fässer davon, und wie Joe zu sagen pflegt, sind zwei Fässer besser als ein Tritt in den Arsch. Es war ein gutes Jahr für Honig, obwohl niemand weiß, warum. Niemand weiß es je. Entweder gibt es Nektar oder nicht. Es scheint keinen Zusammenhang zu geben. Man kann sich darauf nicht verlassen oder ein Muster erkennen.

Wenigstens haben wir noch den Jane-Honig. Die Gläser mit Deckeln stehen dicht nebeneinander auf dem Küchentisch, glänzen und sind mit einer Lametta-Masche verziert. Eines kriegen Jim und Betty, eines ist für Marg und Ray, eines für die Nelsons, die Holmans, die Cookes und die Allens. Eines für Richard, den Naturkostladen und die Frau, dessen Mann starb.

Zuversichtlich stehen die Gläser auf dem Tisch, in der unausgesprochenen Erwartung, dass ich sie ausliefern werde, wie immer, auf meinem violetten Malvern Star-Fahrrad. Doch dieses Jahr will ich nicht Honig als Gefälligkeitsgeschenk ausliefern und Weihnachtsgrüße meiner Eltern bestellen. Die Sonne brennt mit gleißender Hitze. Und mein Fahrrad ist mir zu klein.

Ich sitze auf einem Stuhl am Tisch, ziehe die Knie zu meiner Brust, schweißverklebt, starre die Gläser an. Sie rühren sich nicht, verhöhnen mich. Meine Mutter und mein Vater machen sich hektisch an den Salzsäcken im Schuppen zu schaffen. Der Deckenventilator peitscht die träge Luft. Der Tisch, die Gläser, die Stühle, alles andere verhält sich ruhig und still. Mein Kopf ist flau, meine Augen sehen die Gläser unscharf. Sie können mir nicht nahekommen, weil ich nichts fühle. Ich sitze einen faulen, leeren Augenblick lang da und zögere ihn, so lange es geht, hinaus.

Als nächstes Ereignis wird der Koffer an die Hintertür geliefert. Joe setzt ihn auf der roten Betonstufe ab, behutsam und erwartungsvoll, wie man frische Milch einem hungrigen Kätzchen vorsetzt. Er weiß, dass ich am Küchentisch sitze, weil mein Kopf vom hinteren Fenster aus zu sehen ist. Er stellt den Koffer auf der Stufe ab, schaut in meine Richtung, zieht die Augenbrauen hoch, dreht sich um und geht mit einem wissenden Halblächeln weg.

Ach, ich liebe diesen Reisekoffer. Er ist aus blassblauem Vinyl, überzogen mit einem Muster aus dunkelblauen Wirbeln. Und groß ist er, größer als jeder unserer Koffer, mit zwei große Silberschnallen auf jeder Seite. Es kommt immer derselbe Koffer. Und nachher schicken wir ihn wieder zurück, meist mit einem Glas Honig mit Luftpolsterfolie umwickelt. Dieser Koffer gehört meinen Großeltern. Jedes Jahr schicken sie ihn per Zug von Adelaide in den letzten Winkel des Landes, zu uns. Seit ich lebe, kommt er jedes Jahr zu uns, und es ist eine Freude, und daher stelle ich nie in Frage, warum ich einen Reisekoffer als Großeltern habe.

---

1   aus Wegerichblättrigem Natternkopf, enthält Pflanzengifte

Der in billiges Weihnachtspapier verpackte Inhalt des Koffers beweist, dass meine Mutter Eltern hat. Jedes Jahr dieselben Köstlichkeiten: Charlesworth Nuts Gourmet-Früchtekuchen, gebrannte Mandeln und Orangeat in Bitterschokolade getunkt, die sich alle teilen. Darrell Lea Rocklea Road[2] für mich, Callard and Bowser's Dessert Nougat[3] für meine Eltern. Ein Gegenstand zur Verschönerung für meine Mutter (in Joes Worten), etwas Neues und Unkonventionelles für mich, wie ein Sack voller polierter Steine (man kann ja nie wissen, gerade in diesem Sack könnte darunter ein Diamant sein), eine Schachtel mit exotischen Briefmarken zum Sortieren und Vergleichen, und letztes Jahr auch etwas zu meiner eigenen Verschönerung.

Ich weiß, dass das alles drinnen ist. Aber ich könnte nicht behaupten, dass ich aufgeregt bin. Irgend etwas verändert sich in mir, wie ein minimal geänderter Gang, und ich stürze nicht zur Tür, um den Koffer hereinzubringen. Ich habe irgendwie keine Lust, und ich mag es, dass Joe langsam weggeht und sich wundert, warum ich Natürlich habe ich noch andere Großeltern, die sehr bald hier ankommen werden, um dem Tag ihren Stempel aufzudrücken. Ihren Stempel der Gewissheit, den sie dem Benzinpreis aufdrücken, der Unbefleckten Geburt und den Landrechten der Aborigines. Den der Gewissheit und Missgunst. Sie mögen meine Mutter einfach nicht. Das ist etwas, das ich ganz genau weiß. Wie sie es geschafft haben, die Eltern meines Vaters zu werden, bleibt mir schleierhaft. Mein Vater sagt, wir leben am Rande der Ungewissheit.

Nicht, dass wir das Jesuskind nicht feiern würden. Meine Mutter backt einen Kuchen, und nachdem die warme Nachspeise in unseren aufgeblähten Bäuchen liegt, zündet sie die Kerzen auf dem Kuchen an, der seit Beginn in der Mitte des Tisches steht und vor sich hinschwitzt, und wir singen ein Geburtstagslied für das Jesuskind. Aber das gibt uns keine Gewissheit, dass Maria eine Jungfrau war.

Weihnachten auf der Cooke-Farm ist eher wie eine Geburtstagsparty, aber sie singen kein Geburtstagsständchen. Es waren die besten Weihnachten, die ich jemals erlebt habe, bei den Cookes. Meine Eltern mussten nach Adelaide und konnten mich nicht mitnehmen. Niemand hat mir den Grund dafür erklärt. Alle sagten, es sei kompliziert. Mir machte es nichts aus. Mir gefielen diese Weihnachten sehr.

Alle ihre verheirateten Kinder waren mit den eigenen Kindern und Zelten und Wohnmobilen gekommen. Die Kinder stehen ganz früh auf und laufen hinunter ins Wohnzimmer, wo der grüne Plastikbaum vor dem gusseisernen Ofen steht. Geschenke sind um ihn herum aufgetürmt. Von der Sorte, die Batterien benötigt. Die Kinder frühstücken Fruit Loops[4].

---

2 Schokoriegel
3 Türkischer Honig
4 bunte Zerealien

Alle bereiten den ganzen Vormittag lang Essen zu. Die Männer kümmern sich ums Grillen, die Frauen um alles andere. Es gibt Pommes frites und Lutscher und Dips und Coca Cola und Bier. Herr Cooke sagt: „Haut rein!", alle nehmen einen Plastikteller und arbeiten sich am Tisch mit den Salaten vorbei zum Gegrillten und schaufeln ihre Teller voll. Krautsalat in Schüsseln aus Kristallglas, Makkaroni in Oberssauce, Pfefferminzgelee. Schichtweise verschiedene Farben und andere Überraschungen, die auf der Veranda oder unter einem Baum verschlungen werden. Das setzt sich bis in die Nacht fort, mit bunten Lichtern und Kindern, die allein in die Dunkelheit laufen, lachen, johlen und Zigarettenrauch einatmen. Und dann, plötzlich, sind sich alle einig, und es folgt Stille, Dunkelheit und Ruhe. Niemand bleibt auf um zu intrigieren oder nachzugrübeln oder herumzustarren. Alle schlafen einen tiefen, traumlosen Schlaf auf der Farm, und sogar die Kinder schlafen sich am Stephanitag aus. Was für eine Wonne.

Ich sagte zu Frau Cooke, es seien meine besten Weihnachten. Sie und ich trugen leere Schüsseln zurück zur orangefarbenen Küchenabwasch. Sie hielt die Fliegengittertür mit einem Fuß auf und lachte, als ob sie an etwas anderes, Lustiges dachte, und dann schaute sie mich an, erinnerte sich an mich, lächelte. Sie sagte, es sei nur deshalb, weil sie eine größere Meute wären. Ich erinnere mich, dass sie das gesagt hat.

Weihnachten bei den Cookes kam mir vor, als ob der Ton eingeschaltet und die Lautstärke in meinem Körper aufgedreht und ich alles hören konnte; ich konnte mein Blut hören, meinen Atem und meinen Herzschlag. Ich war froh zu leben. Diese Familie hat etwas, das wir nicht haben. Es ist das Gegenteil von Scham. Ich glaube, man könnte es Freude nennen. Ich beschließe, dass ich eine große Meute Kinder haben werde wie die Cookes. Mir ist einerlei, dass kleine Kinder schwierig sind und an einem kleben. Schlussendlich geben sie dem Ganzen Sinn. Meine Eltern würden uns ohnehin nicht besuchen müssen. Sie könnten die Koffer-Tradition fortsetzen und uns Essen und Geschenke schicken. Sie würden mir Honig schicken müssen, vielleicht einen Zwei-Kilo-Eimer, und ich würde damit Honigkekse backen, wie es meine Mutter getan hatte, als ich klein war. Ich würde die Kekse mit Zuckerguss in vielen Farben und mit Zuckerperlen dekorieren. Wir würden Honig in den Eistee und in Haselnuss-Toffees mit Zitronenschale und auf unseren Frühstückstoast geben, aber nur in den Weihnachtsferien. Das restliche Jahr über würden wir gekaufte Marmelade nehmen.

Ich frage mich, ob Joe mich heiraten würde, als sein Kopf draußen vor dem Küchenfenster auftaucht. Er schaut mir in die Augen und wendet den Blick nicht ab, während er am Fenster vorbei zur Fliegengittertür geht. Er öffnet die Tür und neigt seinen Oberkörper und Kopf zu mir. Er trägt ein blaues Unterhemd zum Arbeiten. Ich kann seine beige Baumwollhose nicht sehen, stelle sie mir aber vor. Ich sitze am Kopfende des Tisches, mucksmäuschenstill. Ich schaue ihm geradewegs in die Augen. Er schaut herzlich und stark und verlässlich drein. Ich weiß, wie ich dreinschaue, denn ich habe diesen Ausdruck in mein geistiges Auge eingebrannt, während ich in den Zimmerspiegel starrte.

Es ist ein komplizierter Blick, der sich schwer beschreiben lässt: lässig und geheimnisvoll, wie wenn es mir nicht wichtig wäre, aber wenn du wüsstest, was ich weiß, könntest du nicht anders als es auch wichtig nehmen.

Sogar, wenn er seinen Körper verdreht, ist Joe vierschrötig und standfest. Er setzt zum Reden an und ich wünschte, er würde es unterlassen. „Hallo Püppchen, was ist denn mit dir los? Wohl zu heiß, den Koffer reinzutragen, was?" Ich senke meine Mundwinkel und ziehe sie hinunter, während ich meine Augenbrauen hebe. Es ist eine Mischung aus Ist-mir-nicht-wichtig und Ich-weiß-nicht. „He, du hast die Haare hochgesteckt. Süß. Passt dir."
Ich will nicht süß ausschauen.

„Was ist denn los?" Er streckt sein Kinn hoch und schnuppert die Luft.

„Weiß nicht", sage ich. Dann schaue ich weg, nicht nah und nicht fern. Natürlich ist etwas los, aber er muss sich schon anstrengen, um herauszufinden, was.
Ich gebe gern solch widersprüchliche Botschaften.

„Warum braucht dein alter Herr Salz?"

„Da ist was ausgelaufen, der Großteil vom Kleehonig. Mama sagte, er schleudert schon seit vier Uhr in der Früh. Hat die Partie fertiggemacht. Er hat Eimer abgefüllt zum Verkaufen im Naturkostladen und ich weiß nicht, ich glaube, er ist weggegangen und hat etwas anderes gemacht und darauf vergessen, das Ventil war offen. Der Honig ist überall, auf dem ganzen Boden, und ganz dick noch dazu." Ich mag es, Joe ins Bild zu setzen.

„Oh Mann. Der Arme. Kein Wunder, dass er fix und fertig dreingeschaut hat. Er hat mich nur gebeten, Salz zu kaufen. Dachte, du würdest gern mit mir im Lastauto mitfahren. Wir könnten auch die Gläser ausliefern, wenn du willst." Er bewegt sich nach vorn und hält inne. „Ich habe ihn nicht gefragt, warum er so viel Salz braucht. Weißt du's?"
Mich schockiert diese Frage, und dass Joe sie mir stellt. Ich bin schockiert, dass er es nicht weiß. Ich schaue wieder in sein Gesicht, direkt in seine Augen. Er richtet sich gerade auf.

„Naja, es saugt den Honig auf, absorbiert das Klebrige. Er ist sonst zu klebrig, um ihn wegzuwaschen." Ich betone „waschen", um ihm zu zeigen, dass allein der Gedanke daran lächerlich und schlecht ist. Er hält die Tür offen, lehnt seinen Körper zurück, runzelt die Stirn und schwankt nach vorn. Er denkt darüber nach, begreift es. „Salz und Honig", sagt er. „Salz und Honig. Eine schöne Bescherung." Und dann dreht er sich um und geht zurück in Richtung Imkerei. Ich hasse es, von seinem nächsten Gedanken ausgeschlossen zu sein. Ich springe auf und laufe ihm nach. „Was? Was, Joe?"

„Ach, er braucht das ganze Salz gar nicht! Ein paar Kübel heißes Wasser und dann mit dem Wasserschlauch abspritzen, das leistet bessere Arbeit. Ich kann ihm dabei helfen. Armer Teufel." Jetzt macht er große Schritte, hat mich vergessen, uns vergessen. Ich merke, dass ich an seiner Seite laufe und mit ihm Schritt zu halten versuche, daher bleibe ich stehen und gehe zurück zum Haus.

Der Koffer steht noch immer bei der Hintertür. Ich hieve ihn über die Stufe, in die Küche hinein, mit dem einen Teil voran und ziehe den anderen Teil nach. Er fühlt schwer an, wie mit Blei gefüllt. Ich setze mich wieder auf meinen Stuhl. Der nimmt meinen Körper auf, als ob ich niemals weggegangen wäre oder fortgehen würde. Ich lasse meine Knie hinuntersinken und spreize meine Beine weit auseinander. So macht es Joe in der Teepause. Jetzt wird es kein Mitfahren bei Joe im Lastauto geben. Ich setze mich auf, starre den Ventilator an und denke an Joe, und wie wohl unsere Kinder ausschauen würden. Groß, sicherlich groß. Mit braunen Augen. Freundlichen Augen.

Meine Mutter stößt die Fliegengittertür auf. Ich habe sie nicht kommen sehen. Sie hat einen ungestümen, müden Blick, als ob sie gerade eine Belastungsprobe bestanden hätte. Ihr Overall ist nass bis zu den Oberschenkeln. Das Haar hinter den Ohren zeigt verfilzte Büschel. Sie starrt mich wütend an. Mir fällt ein, ich hätte beim Putzen helfen sollen. Ich schaue an ihrer Seite vorbei, und sie folgt meinem Blick zum Koffer. Ihr Gesicht wird weicher, ihr Körper ruht sich auf dem Boden aus, und sie legt den Koffer flach hin. „Ah, er ist angekommen", sagt sie. Ich setze mich zu ihr auf den Boden. Wir knien nebeneinander, und jede von uns öffnet eine Schnalle. Sie macht den Reißverschluss auf und klappt den Deckel hoch.

Wir sitzen beide da, und das dünne, leuchtende, rote Papier lässt den Raum mit Glanz erstrahlen. Ich konzentriere mich auf die Päckchen, wohl ein Dutzend. Das Papier ist mit winzigen grünen und weißen Christbäumen überzogen. Wir beide sehen das weiße Kuvert, das auf der Seite steckt. Meine Mutter langt danach, um es aufzuheben. Ihre Hand ist rot und an den Knöcheln schuppig. Sie zieht eine Karte heraus mit einem Bild auf der Vorderseite, das einen weißen, kuscheligen Hund zeigt, der mit Weihnachtsschmuck vor einem gemütlichen Feuer spielt. Sie öffnet die Karte und hält sie so, dass wir sie beide zugleich lesen können. Unsere Lieben, steht da geschrieben, Friede und Freude Euch allen zu diesem Weihnachtsfest. Wir wären gern bei Euch. Wir wetten, unsere liebe Enkelin ist dieses Jahr noch erwachsener geworden. Wir haben Euch alle lieb, Mama und Papa, Oma und Opa.

Der Koffer hat zum ersten Mal eine Stimme. Es scheint nicht richtig zu sein. Plötzlich bin ich verwirrt wegen meiner Reisekoffer-Großeltern. Nicht, dass es mir eigenartig vorkommt. Ich bin einfach durcheinander, wie wenn sich ein Nebel über meine Augen gelegt hätte, der meine Sicht auf das glänzende, rote Papier verschleiert. Ich setze mich auf die Fersen und reibe mein Kinn an der Schulter. Meine Mutter wird rot. Ich kann ihre Gedanken nicht lesen. Mein Hirn sucht nach Anhaltspunkten, um dieser Karte einen Sinn zu geben. Ich spüre, wie mein Gesicht brennt. Ich will sprechen, meine Mutter um mehr Informationen fragen, dass sie die Karte an mich erklärt, mir meine Großeltern erklärt. Sie sieht mich aber nicht an. Sie glaubt, ich sei noch nicht bereit für Erklärungen.

„Ich frage mich, warum sie dieses Mal eine Karte geschickt haben?", sage ich. Eine kleine, leise Frage. Meine Mutter dreht sich zu mir und schaut mich an. Unsere Gesichter berühren einander beinahe. Es ist unangenehm, aber ich kann mich nicht zurücklehnen. Sie ist wütend. Auf mich? Und aufgebracht. Ich kann ihre Gedanken nicht lesen.

„Haben sie nicht", sagt sie. Ich weiß nicht, was sie damit meint. Ihre Lippen zucken, zaghaft, während sie nach Worten sucht.

„Was meinst du damit, Mama?"

„Sie haben sie nicht geschickt. Nichts davon haben sie geschickt. Nie." Sie schaut wild und wirr und verletzt drein, und ich kriege nicht genug Luft. Ich schiebe mich nach oben, ohne den Blick von ihr zu wenden, gehe ein paar Schritte rückwärts und drehe mich dann um. Ich gehe das Vorzimmer entlang zu meinem Zimmer, hole den Rucksack mit den vorne aufgenähten, winzigen, indischen Spiegeln. Ich gehe zurück in die Küche, suche unter den Honiggläsern das mit der Aufschrift „Cookes". Die Schrift ist groß und verläuft schräg, und da halte ich inne. Sie kniet auf dem Boden und starrt in den Koffer.

„Ich dachte, du wolltest noch was", sagt sie.

Ich fühle ihren Körper, zart und schwer. Ich gebe das Glas in meine Tasche und hänge sie über die Schulter.

Der Lärm der Fliegengittertür beim Schließen. Ich ziehe mein Rad hoch und gleite auf den Sitz. Ich beginne in die Pedale zu treten. Meine Knie streifen an die verblassten Plastikstreifen, die von der Lenkstange hängen..

CATE KENNEDY

Übersetzung Ka Ruhrdorfer

Ich wollte eine Geschichte schreiben, die die Auswirkungen menschlicher Gebrechlichkeit im ländlichen Australien andiskutiert, in einer Kulisse, in der traditionellerweise Gleichmut, Stärke und Ausdauer bevorzugt werden. Was würde passieren, fragte ich mich, wenn eine Person, die gewohnt ist, nie nachzugeben, niemals eine Schwäche zu zeigen, plötzlich in eine Welt der Abhängigkeit und Krankheit gestoßen wird? Und was passiert, wenn diese Person gefühlskalt und unnachgiebig ist, und nun Mitgefühl und Güte anderer "ertragen" muss? Ich erfand einen Protagonisten, dessen größte Furcht darin bestand, anderen verpflichtet oder etwas schuldig zu sein, und ich brach ihm wortwörtlich das Rückgrat. Doch die Geschichte erwachte erst so richtig zum Leben, als ich beschloss, den Unfall aus den Augen seiner Frau zu schildern, einer Frau, deren Vornamen in der Geschichte nie erwähnt wird. Sie ist es, die ihn in der ganzen Ehe ertragen hat, die Einsamkeit und Abgeschiedenheit, die das An-ihn-Gebundensein mit sich bringt. Wo in aller Welt finden Menschen Reserven, um mitfühlend weiterzumachen und es weiter zu versuchen? Ich kehre immer wieder zu diesen unbesungenen Heldinnen und Helden zurück, deren Leben keinen großen, edlen dramatischen Bogen beschreibt, die aber sehr wohl weiterkämpfen und überleben und dabei innerlich recht anständig bleiben. Ich treffe auf solche überall im richtigen Leben und ich will ihnen in der Erzählliteratur Gerechtigkeit widerfahren lassen.

Hinter Uns

Er hat das Dammufer unterschätzt, sagten die Leute, als sie hörten, dass Frank Slovak unter seinen Traktor gekommen war. Er hat überlebt, sagten sie, aber es wäre besser, er wäre tot. Hat ihn genau quer über dem Kreuz getroffen. Hat auf der Böschung gewendet, das Erdreich war locker, muss wohl in die andere Richtung geschaut haben, und bum!, war es geschehen. Seine Frau hat ihn gefunden, sagten sie und hielten inne, um ihrem Publikum Zeit zu geben, sich das bildlich vorzustellen, den Albtraum, den sie alle hatten: zu hören, wie sich das schwache Pochen des Traktormotors während des Überschlagens änderte, entweder aufheulte oder aussetzte; oder wenn du vielleicht gerade die Wäsche aufhängst und ihn dann in der Ferne siehst, wie er bereits auf eine Seite gestürzt ist, wie das Metall glänzt, mit nach oben gerichteten Rechenzinken wie Reißzähne.

Alle hatten sie es sich schon einmal vorgestellt, wie verrückt über die Koppeln zu rennen, schwach vor aufkommender Furcht, während die Luft über deinem Kopf unerträglich still ist wie im Auge eines Sturms.

Durch den Staub und das Unkraut zu stampfen in dieser unwirklichen Stille und dich gegen das, was du vorfinden wirst, zu wappnen.

Ja, seine Frau, sagten sie schließlich und nickten. Eine ganz Stille.

Franks Frau bemerkt die Staubwolke, die wie eine Fata Morgana in der Luft hängt, als sie den Pfad hinauffährt mit dem Wocheneinkauf. Verdutzt starrt sie die Umrisse am Horizont eine lang scheinende Zeit an, ehe sie erkennt, dass sie den großen Hinterreifen des Traktors anschaut, und das Gefährt umgekehrt daliegt wie ein im Stich gelassenes Spielzeug. Im Laufen schleudert sie ihre rutschigen, feinen Schuhe weg und spürt, wie sich die trockene, gepflügte Erde unter ihren bloßen Füßen hebt und senkt und zerbröselt, bis sie dort ist, wo er liegt.

„Frank."

Er verdreht die Augen zu ihr. Der Kragen vom Hemd, von ihr am Abend zuvor gebügelt, ist abgerissen, und Glassplitter liegen um ihn herum verstreut wie zerstoßenes Eis.

„Stell' ihn ab". Seine Stimme wie eine schlechte Telefonverbindung, ein Roboter, der zwischen zusammengepressten Zähnen spricht.

Ihre zitternde Hand greift in die umgestürzte Fahrerkabine, in und um das verformte Lenkrad. Dann dreht sie den

Schlüssel um, zieht den vertraut klirrenden Schlüsselbund heraus. Schlüssel für das Postschließfach, Auto, Traktor, Lastauto, Vorhängeschlösser für die Zäune. Sie sind heiß, weil sie in der Sonne hingen. Sprachlos und schwerfällig nimmt sie den Geruch von Diesel wahr, der vom Tankdeckel tropft. Was sagt er jetzt gerade zu ihr?

„Handy".

Sofort sieht sie ihr Mobiltelefon auf dem Beifahrersitz im Auto, wo sie es liegen gelassen hat. Erst als sie herausplatzt, ihm sagt, dass sie zurückläuft, um die Rettung zu rufen, und ihn schlucken und seine Augen schließen sieht, statt sie anzuschreien, erst dann begreift sie, wie schlimm sein Zustand sein muss. Sie sieht auch, als sie sein Hemd hochzieht, um seinen Augen damit Schatten zu spenden, dass jede Gefühlsregung, die er vor ihr in den letzten achtzehn Jahren verborgen hat, jedes Zittern, Mienenspiel und Zucken der Augenbrauen und Lippen nun als Wallung und Beben über sein Gesicht zieht. Als ob das versperrte Safe in seinem Inneren aufgebrochen ist und sein ganzer Inhalt hervorwogt und verzweifelt nach einem Ausgang sucht und ausgetrieben wird, bis es ganz draußen ist. Als sie nach Hause gelaufen, um Hilfe telefoniert und zurückgerannt ist, sieben Minuten hin und achteinhalb Minuten zurück, sind die Zuckungen vorüber und er liegt da mit einem Gesicht so ausdruckslos und leer wie ein geplündertes, auseinander klaffendes Kuvert. Mit geschlossenen Augen atmet er verbissen ein und keuchend aus.

Kaum zu glauben, sagen die Leute, als sie die Neuigkeiten erfahren. Was ihm zum Verhängnis wurde, ihn am schwersten verletzt hat, war der verdammte Überrollbügel. Aber sag' das den Volltrotteln vom Arbeits- und Gesundheitsschutz. Manche erzählen, er hat ein zerschmettertes Becken, andere reden von einer Querschnittlähmung, aber wie dem auch sei, er ist voll im Arsch. Von so was kommst du nicht wieder auf die Beine. Frank Slovak, der schon immer ein Arbeitstier war, mit dem Naturell eines tollwütigen Hundes und einer Frau, die sich nicht traut, den Mund aufzumachen, der liegt jetzt oben im Krankenhaus, angeschlossen an Schläuche, und sie sagen, die nächsten achtundvierzig Stunden sind entscheidend. Nein, es ist jetzt schon eine Woche her. Vierzehn Tage. Er muss wohl einen Bruch seines … was war es doch gleich? Die Wirbel. Die Nerven. Er spürt gar nichts.

Während sie einen Einkaufswagen durch den Supermarkt schiebt, fühlt Franks Frau mitleidige Blicke hinter ihrem Rücken von Frauen, die knapp davor sind, etwas zu sagen, sich aber dann eines anderen besinnen, um nicht als neugierig zu gelten. Beinahe zwanzig Jahre war sie fast unsichtbar. Nun verleiht ihr der Unfall so etwas wie befremdlichen Ruhm. Vor der Haustür finden sich in Folie verpackte Aufläufe, Marmeladen, Kuchen und Seifen als Geschenke von Ungenannten. Wie Blumen bei einer Beerdigung, denkt sie; eine gütige Geste und eine Anteilnahme, die zu spät gezeigt werden, wenn du schon tot und begraben bist. Und das alles für Frank, denkt sie bitter. Frank, der sich lieber die eigene Hand abschneiden würde, als jemandem zu etwas verpflichtet zu sein. Frank, der sich nie für irgendeinen dieser Leute eingesetzt, ihnen kein einziges Mal freiwillig einen Liebesdienst erwiesen hat. Frank, dessen Liebe zu seiner Privatsphäre an grollende, feindselige Geheimhaltung grenzte.

Als sie das Baby verloren hatte, damals, hatte er sie vom Krankenhaus nach Hause gefahren, dem großen Krankenhaus, eine halbe Stunde entfernt, so dass es nicht einmal die hiesigen Krankenschwestern erfahren würden, und hatte zu ihr gesagt, während er geradeaus durch die Windschutzscheibe schaute: „Wir lassen das hinter uns."

Keine Marmeladegläser gab es damals für sie, keine Lavendelseife, kein einziges Wort gesprochen oder geflüstert, bis sie dachte, sie würde durchdrehen vor lauter Leugnen. Sie haben es hinter sich gelassen, also gut. Sie spannten sich selbst davor, zogen es hinter sich her wie ein dunkles, totes Gewicht. Sie wurden dessen Packtiere. Und damals war kein Nachbar in Sicht, der mit einem Trostpflaster oder einem offenen Ohr vorbeigekommen hätte. Frank hatte beschlossen, dass es niemand wissen sollte.

Sie gibt die Aufläufe in die Tiefkühltruhe, bis sie sie dringender brauchen würde, und isst im Krankenhaus. Als sie im klimatisierten Besuchszimmer an einem Resopal-Tisch sitzt, ertappt sie sich dabei, wie sie beinahe im Luxus schwelgt, die erste Mahlzeit seit Jahren zu essen, die jemand anderer für sie gekocht hat. Es ist beinahe wie im Urlaub, wie sie dir ein Formular, eine Art Speisekarte zum Ausfüllen bringen und dann mit einem Servierwagen vorbeischauen und dich fragen, ob du Tee oder Kaffee willst.

Das einzige, was sie tun kann, ist warten, sagen sie zu ihr. Und sprechen sie frei. Dann bekommt Frank, der von Tag zu Tag grauer und magerer wird, Lungenentzündung. Nachmittage lang sitzt sie neben ihm, döst unruhig, blättert durch alte Zeitschriften, hört sein mühsames Glucksen, während er um seinen Atem kämpft, sogar im Schlaf.

Es muss sich wie ertrinken anfühlen, denkt sie, während sie zuhört. Wie langsam unterzugehen, allmählich keine Luft mehr zu haben, bis alles schwarz ist. Wie in den Damm hineinwaten; je tiefer es wird, desto kälter. Etwas, das du beinahe willkommen heißt. Sie ist schockiert, sich einzugestehen, wie gleichgültig es sich für sie anfühlt, wie es beinahe das Beste für sie beide wäre, wenn man bedenkt, welche Prognose die Ärzte zuerst stellten. Sie stellt sich vor, wie sie zu Leuten nach der Kirche sagt: Ihr kennt ja Frank. Er hätte nicht so weiterleben wollen. Es ist wirklich so am besten. Sie denkt daran, die Aufläufe nach dem Begräbnis aufzuwarten, einfach etwas Ungezwungenes im Saal neben der Kirche, etwas, das sie mit der Aushilfe organisieren könnte. Ich bin fünfundvierzig, sagt sie zu sich selbst mit vorsichtiger Verwunderung, als sie eines Nachts nach Hause fährt. Ich bin nicht alt. Viele Frauen in diesen Zeitschriften sind fünfundvierzig, und sie kommen alle mit ihrem Leben zurecht.

Jemand kommt zur Farm, ohne darum gebeten worden zu sein, befestigt Ketten am Traktor, zieht ihn noch und schleppt ihn in die Stadt ab, zur Reparatur, und jemand anderer verlädt die einjährigen Lämmer, ohne Aufhebens zu machen, auf ein Lastauto und fährt damit zum Markt für sie.

Lassen Sie ihn gehen, würde sie sagen, sollte Franks Zustand sich verschlechtern und das Pflegepersonal eine Intubation vorschlagen. Er würde es selber so gewollt haben. Es erschreckt sie, dieser Wandel, dass sie so leichthin über ihn in der Vergangenheit sprechen kann, wie ein sanfter, logischer Übergang, so wie beim Gangschalten.

Doch Frank bekämpft die Lungenentzündung, und die Ärzte sagen, dass sich seine Lage nach den Steroiden stabilisiert und es würde vielleicht eine Defektheilung geben, eingeschränkte Bewegungsfähigkeit, schwer abzuschätzen, und sie sitzt da, mit gefasstem Gesicht, das Erleichterung und Optimismus ausdrückt, während sie sich im Inneren, um ehrlich zu sein, betrogen fühlt. Betrogen, während sie zusieht, wie Frank einen Löffel zu seinem Gesicht führt und dabei mit grimmiger, rachsüchtiger Entschlossenheit finster dreinschaut, wie wenn er gleich jemanden verprügeln würde. Alles von neuem lernen, wie ein Roboter, entschlossen, sich selber hochzuhieven.

„Ich werde niemandem zur Last fallen, ist das klar?", brummt er zu ihr, als die Physiotherapeutinnen sie endlich für den restlichen Nachmittag allein lassen. Und schlägt ihre Hand weg, als sie einen Klecks Bratensaft von seinem Kinn wischen will.

Das ist ganz und gar Frank. Kann keine Gabel halten, und doch findet er einen Weg, um sie aus dem Weg zu boxen.

Es ist leichter zu nicken und zuzustimmen, vorzugeben, seinem Rat zu folgen, wie sie die Arbeit auf der Farm erledigen sollte. Beinahe zwei Monate vergehen und sie erwartet jederzeit, dass einer der Trainer in der Rehabilitation ihm die Leviten lesen und ihm sagen würde, er sei verrückt zu glauben, dass er auf die Farm zurückkehren könne, und diese Erwartung, diese Gewissheit erfüllt sie mit unterdrückter, geduldiger Hoffnung.

Vielleicht wird er überleben, vielleicht wird er nicht sein restliches Leben im Krankenhaus verbringen müssen, doch die folgende Diskussion ist vorbei: Jetzt würden sie auf alle Fälle in die Stadt ziehen müssen. In eine kleine Wohnung oder einen Bungalow. In einen Neubau ohne Stufen wegen des Rollstuhls. Sie würde jeden Tag ins Zentrum zum Einkaufen gehen können, um alles zu besorgen, was sie brauchen, und es würde wahrscheinlich eine Haushaltshilfe geben, um ihr eine Verschnaufpause zu gönnen; man würde einfach davon ausgehen, dass sie eine Pause braucht. Sie bekommt sogar Broschüren, in denen erklärt wird, wozu sie berechtigt ist.

Sie könnte sogar eine Pflegepension bekommen, zusätzlich zur Versicherung und dem Geld vom Verkauf der Farm. Vielleicht ein neues Auto, mit so einem Lift.

Diese Tagträume enden, als Frank sich eines Tages auf die Maschine in der Physiotherapie-Abteilung hinaufkrallt, wie ein Tier knurrt und in einem endlosen Schwall flucht. Seine Augen quellen vor Anstrengung hervor, und als sie ihm in ungläubiger Verzweiflung zusieht, schlenkert sein linkes Bein ruckweise heraus und schwankt zögernd auf dem Kautschukboden, wie bei jemandem, der tanzen lernt.

Und während die Physiotherapeutin bewundernd mit dem Kopf nickt, die Ärzte über den Röntgenbildern beratschlagen und neue Erklärungen für sie erfinden: „Er hat viel mehr Funktionen wiedererlangt, als wir zuerst prognostizieren konnten, das sind gute Neuigkeiten", während all dem steht sie da und nickt wie eine Puppe und hasst ihn so sehr, dass sie lieber nicht den Mund aufmacht.

Als sie an diesem Nachmittag nach Hause kommt, ist der Installateur da, derselbe, der einen exorbitanten Kostenvoranschlag letztes Jahr machte, als sie wissen wollte, wie viel es kosten würde, eine Innentoilette zu installieren. Doch jetzt gerade sind er und sein Helfer dabei, eine nagelneue, vorgefertigte Dusche und ein Waschbecken mit Chromgeländern einzubauen, es ist nicht der Rede wert, sie würden alles für den alten Frank machen, wir sind gleich damit fertig und Sie haben Ihre Ruhe, Frau Slovak.

„Bestellen Sie ihm Grüße von Pete und Hardo", sagt der Installateur, als er geht, „und richten Sie ihm aus, Bob Wilkes wird das Heu für ihn zu Ballen pressen und in die Scheune bringen, noch diese Woche, kein Problem. Machen Sie sich bitte überhaupt keine Sorgen."

Wieder das selbe, sie versucht nach außen hin Heiterkeit und Dankbarkeit zu zeigen, während eine würgende Wut in ihrem Inneren wie dürres Gras oder Benzin lodert.

Denn nun sieht jeder Idiot, wie es weitergehen wird. Da Frank nicht am Schreibtisch sitzen kann, wird er nicht nachgeben und ihr vorschreiben, wie sie die Buchhaltung machen soll, sie herumkommandieren und anschnauzen. Im Nutzfahrzeug wird er neben ihr sitzen, während sie fährt, verächtlich jedes Mal aufseufzen, wenn es beim Gangschalten kracht, wird nicht einmal aussteigen und ihr die Gatter aufmachen können. Frank wird den ganzen Tag nicht von ihrer Seite weichen, ihr keine Ruhe lassen, sie kritisieren und in allem von ihr abhängig sein. Und ihr steht ein Spießrutenlauf nach der Kirche und in die Stadt bevor, weil sie zu allen brav sagen muss, wie viel Glück sie beide hatten.

Eine eingeschränkte Bewegungsfähigkeit wird Frank gerade recht sein, denkt sie. Seit Jahren hat er alle seine Bewegungen auf ein Minimum reduziert, sich kaum merklich ihr zuwendet, wenn sie redet, sondern sitzt wie versteinert in der Küche, unverrückbar wie ein Felsen. Unbeugsam. Und jetzt, da sein Rücken abgesichert ist, wie wenn er sich einen Schürhaken eingerammt hätte, er sich auf einer oder zwei Krücken oder einer Gehhilfe fortbewegen kann, sagen die Ärzte, abhängig davon, wie sich sein Becken anpassen wird, jetzt braucht Frank ihre Hilfe, um seine Beine seitwärts aus dem Bett zu bewegen und ihn in eine sitzende Position hochzuziehen und ihm Kissen zu bringen, und dafür braucht es keine Heimhilfe; sie haben keinen Anspruch darauf. Die Sozialarbeiterin wird vorbeikommen um eine Einschätzung abzugeben, wie gut sie damit zurecht kommt, und Frank wird sagen, er braucht keine Hilfe, trotzdem danke, er hat genug Hilfe und braucht nicht mehr. Wunderbar, werden die Leute nach der Kirche zu ihr sagen, die Wege Gottes sind wunderbar.

„Deine Idee?", ist das Einzige, das er sagt, als er das Badezimmer sieht. „Konntest es nicht erwarten, es hinter meinem Rücken zu tun?"

„Ich habe nichts damit zu tun. Es war Pete Nichol."

Er wirft ihr einen Blick zu. „Was, taucht einfach auf und macht's? Das möchte ich einmal erleben."

Er hievt sich auf seiner Gehhilfe nach vorn, um die Montage rund um das Waschbecken besser sehen zu können, knurrt herablassend, als er nichts daran auszusetzen findet.

„Mach dich lieber bereit, eine weitere Hypothek auf das Haus aufzunehmen, wenn seine Rechnung kommt. Bekanntlich brennen seine Kunden wie ein Luster."

„Er sagte, wir sollen uns keine Sorgen machen." Sie versucht, ihre Stimme nicht zu enthusiastisch klingen zu lassen, um ihm weniger Munition zu liefern. Dazu braucht es viel Geschick.

„Was ist da hinten?" Er kann den Kopf nicht ruckartig bewegen, fällt ihr jetzt auf. Nur seine Augen.

„Die neue Toilette."

„Soll wohl ein verdammter Witz sein." Er stößt sie mit seiner Schulter und bewegt sich Zentimeter für Zentimeter dort hin, wie eine Krabbe. Er schaut sich bei der Tür argwöhnisch um und knurrt wieder.

„Wegen ihm steck' ich jetzt schön in der Tinte, in der Gemeinde, kann ich nur sagen. Die sind mir auf der Spur, dass ich für das Nutzungsrecht zahlen muss. Werden sich nicht die Chance entgehen lassen, diese Scheißkerle."

„Frank, er sagte, das Nutzungsrecht geht in Ordnung. Hat mir die Erlaubnis und die Papiere und alles da gelassen. Ist alles im Schreibtisch."

Er dreht sich wieder, flucht, weil die Räder der Gehhilfe gegen das Klo stoßen, und sieht sie vor ihm stehen, wie sie auf seine Reaktion wartet. Es würde ihn umbringen, denkt sie, Freude zu zeigen oder Erleichterung oder Begeisterung. Sie verabscheut ihn dermaßen, dass sie eine heimliche, instinktive Freude spürt, ihn so in die Enge getrieben zu sehen von etwas, das er nicht begreift und das ihn wütend macht: Gefälligkeit.

„Und wer hat den Graben ausgehoben?", bellt er seine Anschuldigung hinaus.

„Der Bauunternehmer, den er hat, Ian Harding, nicht wahr?"

„Wie viel hat er verrechnet?"

„Wie schon gesagt, sie haben gemeint, wir sollen uns keine Sorgen machen."

Er schneidet vor Unbehagen tatsächlich eine Grimasse, brummt sie an, ihm aus dem Weg zu gehen, als er vorbeischlurft. Kracht zur Hintertür hinaus, die nagelneue Rampe hinunter, die jemand von Rotary letzte Woche angepasst hat, um die Treppe zu ersetzen, die seit fast elf Jahren kaputt war. Am Ende des Gartens hinter dem Haus hält er plötzlich an, als er die Scheune für Heu sieht, und starrt die sauber gemähte Koppel und die aufgetürmten Heuballen an. Da bemerkt sie, wie viel ihn seine eingeschränkte Bewegungsfähigkeit kostet. Nun muss er seinen Hals und Kopf aufrecht tragen, während seine Schultern in einem steilen, hilflosen Winkel abfallen und die Hände sich an die Bremsen seiner Gehhilfe klammern. Sein ganzer Körper kämpft gegen das unterdrückte Zittern, das ihn freizurütteln droht.

„Bob Wilkes hat es erledigt", ruft sie, doch er dreht sich weder um, noch antwortet er. Sie stellt sich vor, wie er aufgibt und umstürzt, sich auf dem Boden windet. Sie hat ihn noch nie zusammengekauert gesehen, nicht einmal, als sie mit ihm auf dem bloßen Boden saß und auf die Rettung wartete. Auch damals hatte er die Kontrolle behalten, während er hingestreckt da lag und sich von Zeit zu Zeit die Lippen leckte. Seine Augen sahen allmählich unscharf, wie verwundert drein, als er hinauf in das Blau starrte, beinahe unschuldig.

„Du brauchst es nur so lange zu tun, bis ich den Dreh heraußen habe", murmelt er, als sie ihm in die Dusche hilft.

Sie ignoriert ihn und setzt ihre Erklärung fort. „Jetzt lässt du dich auf den Sitz hinunter, indem du dich an den Handläufen festhältst und die Gehhilfe zurückschiebst, weil du sie nicht nass werden lassen darfst."

„Gut. Jetzt geht es schon."

„Ich bleibe noch kurz und drehe die Hähne auf. Siehst du, sie sind da unten, sie haben sie extra so eingebaut."

„Wäre leichter, wenn ich stehen und an die Körperseife selber rankommen könnte."

„Ich werde mich nach einer dieser Seifen, die auf einer Schnur befestigt sind, umsehen."

Gott, wie das Fleisch an ihm herunterhängt. Seine Knöchel sind weiß und wie aus Wachs, als er die Griffe umklammert. Er fürchtet sich und ist so schwach wie ein alter, sehr alter Mann. Fürchtet sich, seinen Kopf zu bewegen oder eine Hand vom Griff zu nehmen. Ein Fehlschritt, und er ist im Pflegeheim. Er braucht einen Haarschnitt und sie beschließt, sein Haar nachher beim Küchentisch zu schneiden.

„So ist besser", sagt er, als sie das Heißwasser einstellt.

Und sie kann hören, wie er gerade Danke sagen will, dann aber absetzt und schluckt. Doch auch ohne das Danke, überlegt sie, ist es wahrscheinlich das längste Gespräch zwischen ihnen seit Monaten.

„Du musst jedes Mal die Sperre in der Bremse einlegen, wenn du dich hochziehst, verstehst du? Vergiss nicht darauf: das Geländer hoch, auf die Gummimatte steigen, beide Hände an die Griffe der Gehhilfe, dann die Bremse loslassen."

„Ich bin doch nicht blöd", blafft er sie an, doch seine Augen folgen jeder ihrer Bewegungen, die Pupillen sind geweitet.

Sie hilft ihm beim Anziehen und in die Küche, schneidet sein Haar und rasiert ihn. Einer der Aufläufe ist aufgetaut, mit Reis, er schafft das schon. Dann reißt sie ein Blatt vom Schreibblock und legt es vor ihm nieder und das Schnurlostelefon daneben.

„Was soll das?"

„Telefonnummern. Du musst ein paar Telefonate erledigen." Sie fühlt, wie Mut in ihr hochsteigt, während sie es sagt, dort auf der anderen Seite des Tisches. Sie tippt leicht auf die Liste.

„Leute anrufen und ihnen danken, jetzt, da du zu Hause bist."

„Fang mit diesem Scheiß erst gar nicht an. Ich habe keinen einzigen dieser Gutmenschen gebeten, herzukommen."

„Frank", sagt sie. „Ich will das nicht diskutieren, ich fordere es von dir. Wenn du jemals wieder einen Gefallen brauchst, und glaube mir, davon wirst du eine ganze Menge brauchen, dann ruf die Leute an und sag ihnen, wie sehr du es schätzt, was sie für dich getan haben."

„Und wenn nicht?" Er sieht eigenartig aus, wie er darum ringt, seine Einstellung höhnischer Verachtung aufrechtzuerhalten, während er im Pyjama da sitzt, mit ordentlich gekämmtem Haar und schlaffen Muskeln nach all den Monaten, die er auf dem Rücken lag.

„Was schätzt du?", sagt sie gereizt. „Wir gehen Pleite. Wir müssen alles versilbern."

Und als er sie in seiner altbekannten, bornierten Verachtung ansieht, hebt sie den Handspiegel hoch, der da auf dem Tisch neben der Schere liegt, und ein stetes Hochgefühl durchströmt sie, als sie den Spiegel absichtlich so hält, dass er ihm zugewandt ist.

„Schau dich gut an", sagt sie, „und fang an zu telefonieren."

Als sie im Bett liegen, geht sie bereits die Aufgaben für den kommenden Tag durch und hört das Schwirren des Ventilators über ihren Köpfen und spürt die vergessene, schwere Gegenwart seines Körpers neben ihrem. Sie denkt an die Physiotherapeutin im Krankenhaus, wie sie seine Beine hoch hob und gegen seinen Körper drückte, ihn in Seitenlage brachte und sanft seine Arme von der Schulter zur Hüfte bog. „Armbeugen" hatte sie es genannt. Übungen, um die Muskeln zu trainieren und dem Körper lockere Bewegungen zu bewahren, um das Anspannen und Verkürzen der Sehnen und Bänder zu stoppen.

„Genau so, Herr Slovak", hatte sie gesagt, diese ruhige, gutgelaunte junge Frau. „Das können Sie selber üben, machen Sie nur so weiter", und sie hatte Franks Hand genommen und mit seinem Arm langsam einen Kreis beschrieben, dann den Ellbogen abgewinkelt, so dass er seine Brust berührte. Wieder hinunter und zurück, immer wieder; eine Bewegung wie ein hölzern ausgeführtes Flehen. „Soll ich Ihnen diese Seite mit Anleitungen für diese Bewegungen hier lassen, um Ihrem Gedächtnis auf die Sprünge zu helfen?"

Frank, der sich mit scharfem Gesichtsausdruck dieser Prozedur unterworfen hatte, schüttelte seinen Kopf ein einziges Mal, steif und voller Verachtung. „Wenn ich dafür eine Anleitung brauche", sagte er gepresst, „dann kann ich mich gleich in einem Sarg hinaustragen lassen."

Die junge Frau hatte nachsichtig gelacht, erinnert sie sich jetzt. Sie muss dem Personal eine Karte und ein Geschenk schicken, ihnen allen für ihre Geduld danken.

Sie hört, wie Frank ausatmet, dann ist es still, bis er flatternd und hicksend einatmet. Sie wirft einen flüchtigen Blick hinüber und sieht seine Gestalt im mondhellen Halbdunkel. Er liegt flach auf dem Rücken und ruhig wie ein Baum, die Arme an den Seiten wie ein Soldat in Habachtstellung. Er weint lautlos mit fest zugepressten Augen und einem verzerrten Gesicht wie eine Maske. Sein Mund ist eine schwarze Höhle des Schreckens. Glitzernde Tränen entweichen in die Furchen des Unmuts, die um seine Augen und Nase eingraviert sind, rinnen hinunter und benetzen sein frisch geschnittenes Haar.

Sie hat ihn noch nie so gesehen, und es ist demütigend. Sie war vor akuten Schmerzen gewarnt worden. Sie fragt sich, ob sie aufstehen und ihm ein paar Tabletten geben soll, aber sie ist so erschüttert, dass sie nur ihren Kopf zurück drehen kann, um wieder auf die Decke zu schauen und ihm die Schmach ihres prüfenden Blickes zu ersparen. Sie liegen starr nebeneinander.

„Als du aufgestanden bist, um nach Hause zu laufen und die Rettung zu rufen", sagt er, „dachte ich, mir bleiben zehn Minuten. Jetzt wäre es gut zu sterben, während du weg warst. Das könnte ich dir geben."

Während sie da liegt, weiß sie plötzlich, wie es ist: unbedingt wollen, dass sich deine Gliedmaßen bewegen, doch sie nicht anheben können. Die furchtbare, hochverräterische Distanz zwischen ihnen muss überwunden werden, die gefühllose Schwere ihres Arms.

Doch endlich greift sie hinüber und nimmt seine Hand. Sie fühlt sich nicht einmal mehr wie seine Hand an. Die Schwielen von der Arbeit sind einer sanften Glätte gewichen, wie ein Strand nach einer stürmisch zurückweichenden Flut. Sie würde seine Hand jetzt nicht erkennen, und schon gar nicht die Art, wie seine Finger die ihrigen greifen. Drücken Sie meine Hand, hatte die Physiotherapeutin gesagt. Gut so, Herr Slovak.

Sie liegt da, spürt den Puls am furchtbar dünnen Handgelenk ihres Mannes unter ihrem kleinen Finger. Sie glaubt, besser als alle anderen das schmerzhafte Strecken von Bändern, das Knacken beim Verrenken zu verstehen. Erinnert sich, wie sie zurück lief über die Koppeln, wie sie barfuß über Steine und Erde flog, wie sie im Rettungswagen verwirrt zu Boden blickte und das eingetrocknete Blut auf ihren Füßen bemerkte. Wie schnell sie ins Haus gelaufen war und noch viel schneller zurück. Jetzt, im dunklen Bett, hebt sie ihren Arm zusammen mit Franks und beugt sanft beide Ellbögen. Ohne ein Wort zu sagen, führt sie seine Hand in einer resoluten Bewegung an sein Herz und hält sie dort.

ANDY KISSANE

Übersetzung Ka Ruhrdorfer

Warum andere AutorInnen ein bestimmtes Genre bevorzugen, weiß ich nicht; ich habe mich jedenfalls für die Kurzgeschichte entschieden. Ich strebe danach, sie gut zu schreiben, über Themen, die mich fesseln und faszinieren. Wahrscheinlich kommt meine Vorliebe daher, dass ich Kurzgeschichten liebend gern lese. Mich beeindruckt die unglaubliche Fülle, die diese Form bietet. Die rohe, schockierende Kraft eines James Baldwin und die Stärke und Gewichtigkeit von Alistair MacLeod. Unter Wonne verstehe ich, Geistreiches von Lorrie Moore zu lesen, gefolgt von der herzzerreißenden Traurigkeit einer Jhumpa Lahiri, Elizabeth Strout oder Claire Keegan. Es mag überraschen, dass die LieblingsautorInnen eines australischen Schriftstellers alle von anderen Kontinenten stammen; doch ich finde es faszinierend, andere Kulturen zu erlesen, die ähnlich und doch verschieden von meiner eigenen sind.

Ich erwähnte hier eingangs, was ich selber gern lese, denn der Ursprung meiner Geschichten liegt oft in der Lektüre. Beim Lesen bekomme ich Lust zu schreiben. Zu „Vanilla Malted" („Vanillemilch") wurde ich angeregt, als ich einen Hochzeitsgast sagen hörte, dass der glücklichste Tag in seinem Leben der war, an dem sein Bruder eine Freundin nach Hause brachte. Ich hatte bewundert, wie Raymond Carver „Fat" erzählt. Ich begann, eine Geschichte zu schreiben, die mündliches Erzählen nachempfindet. Ich nahm Hörbücher für die Royal Blind Society auf und war von Menschen umgeben, die in einer Welt von Lauten lebten.

Mich zieht besonders die längere Kurzgeschichte an, die um die zwanzig Seiten umfasst, eine Form, die besonders in Amerika weit verbreitet zu sein scheint. Ich mag, wie sich diese Geschichten ausbreiten, wie sie dir die Gelegenheit zum Luftholen geben, wie es genügend Platz für alles gibt, um sich zu entwickeln und vertiefen. Mich interessiert auch die Fähigkeit der Kurzgeschichte, mehrere Erzählstränge unterzubringen und zu allem fähig zu sein, wozu ein Roman imstande ist, aber verdichtet, intensiv und mit einer Wucht, die Romanen oft fehlt.

Wie John Berger sagte: „Nie wieder wird eine einzige Geschichte so erzählt, als ob es die einzige wäre." Ich schwärme für die Vielfalt an Stimmen, die es in der Erzählliteratur gibt. „Vanillemilch" habe ich in einer sehr australischen Stimme geschrieben. Zu dieser Stimme bin ich seitdem nicht wieder zurückgekehrt. Auch wenn sie nicht typisch ist für meine Arbeit, so ist es doch eine Stimme, die mir als eine der bleibenden Stärken der Kurzgeschichte vorkommt. Kurzgeschichten blühen durch eine üppige Vielfalt an Stimmen und Herangehensweisen. Es gibt immer etwas Faszinierendes und Wunderbares, das nur darauf wartet, entdeckt zu werden.

❧

Vanillemilch

Es ist der glücklichste Tag in meinem Leben, als Tony diese Freundin nach Hause bringt. Ich bin so glücklich, ich könnte abheben. Tony hat, so viel ich weiß, noch nie zuvor eine Freundin gehabt, und ich kenne ihn sein ganzes Leben lang. Er ist mein jüngerer Bruder.

Sie sitzen auf dem Sofa, als ob sie aneinandergeklebt worden wären. Sie halten Händchen. Na klar macht mich das ein bisschen emotional und ich fange an zu erzählen, wie es war, als wir jung und wild waren.

Ich fuhr ein Monaro GTS Coupé, sage ich. Es war grellorange, mit einem großen, schwarzen Streifen über Motorhaube, Dach und Kofferraum. Schalensitze, Sportreifen, extra gefedert und mit Flauschteppich. Aber was dem Auto wirklich Mumm gab, war der Motor, ein frisierter 327-er Chevrolet. Mein Monaro hatte Drehmoment schon beim Antippen. Er war schnell. Aus dem stehenden Start erreichte er hundert Meilen auf halbem Weg auf der Magnolia Street. Und die ist wirklich ganz kurz.

Tony fuhr damals ganz auf Sound ab, erzähle ich Sharon.

Sie grinst, rutscht näher zu ihm auf der Couch und starrt ihm in die Augen. Ich sehe, dass es einerlei ist, was ich sage, also lege ich ordentlich los.

Tony liebt den Sound meines Autos und er will den Auspuff auf Band aufnehmen. Aber nicht nur, wenn der Motor reibungslos läuft, sondern wenn er echt an die Grenze getrieben wird. Der Wagen hatte einen Doppelauspuff mit einem ordentlichen Wummern.

Tony findet also raus, dass er nur dann den Auspuff in seiner ganzen Pracht aufnehmen kann, wenn er im Kofferraum sitzt, während ich eine schnelle Runde drehe. Dort ist es zwar ganz dunkel, aber er ist das gewohnt und ich schätze, er hat genug Luft für eine halbe Stunde. Keine Sorge, sage ich zu ihm, wir brauchen zehn Minuten maximal.

Dann hab ich eine Idee und fahre zu Boffas Wohnung. Ich parke auf der anderen Seite der Einfahrt und klopfe im Vorbeigehen auf den Kofferraum. Tony klopft zurück und ich weiß, es geht ihm gut.

Boffa pennt gerade, und es dauert länger, als ich dachte. Aber schon bald sitzt er neben mir und gibt seine Füße auf das Armaturenbrett. Boffa hat nicht gerade tolle Manieren.

Boffa, sage ich.

Was?

Würdest du ein wenig mehr auf die Polsterung achten?

Klar, sagt Boffa. Und er gibt die Füße runter.

Das ist ein Spiel zwischen uns. Schon seit immer. Boffa gibt vor, blöd zu sein, nur um zu sehen, wie weit er einen treiben kann. Einmal ging er die Klippe hinauf, weißt du, die eine mit dem steilen Abfall in den Rockbeare Park, wie wenn er komplett zugedröhnt wäre. Ich habe ihn am Kragen seines Dufflecoat gepackt, weil ich dachte, er würde hinunterspringen, und er hat sich angepinkelt. Das wird er mich nicht vergessen lassen. Als er die Füße runtergibt, schmeiße ich den Retourgang hinein und wir sind dahin. Da kommt mir die Idee, die Straße mal richtig zu attackieren. Sonst halte ich mich davon eher fern wegen des Lacks, aber diesmal kann ich nicht widerstehen. Ich schere seitlich in jedes Schlagloch und jede Bodenwelle, lasse die Reifen durchdrehen, dass der Kies spritzt.

Wozu bist du hergekommen? fragt Boffa.

Wegen Tony, sage ich.

Tony?

Ja.

Boffa schaut mich kurz an und starrt dann wieder geradeaus.

Ich biege mit dem Wagen in die Liberty Parade ab und drücke das Gaspedal durch. Da stehen lauter Wohnsiedlungen, die für die Olympischen Spiele sechsundfünfzig gebaut wurden. Die Straße ist breit und gerade, und die Häuser sehen alle gleich aus.

Buffa ist nicht beunruhigt, nicht einmal, als die Tachonadel hundertsechzig zeigt.

Wo ist Tony? fragt er nach einer Weile.

Im Kofferraum, sage ich.

Fick dich, sagt er und gibt seine Füße wieder auf das Armaturenbrett.

Ich kapiere es nicht gleich, aber dann schon. Tony ist wirklich im Kofferraum, sage ich.

Na klar, sagt Boffa.

Wirklich, ich sage es dir. Wenn du's mir nicht glaubst, dann bleibe ich stehen und du kannst selber nachschauen.

Ich glaube dir, sagt Boffa.

Ich steige auf die Bremsen, lasse den Wagen ausscheren und fahre die Kurve in die Livingston Street auf zwei Rädern. Dann steige ich wieder aufs Gas, starte in der Mitte der Straße, als ob ich Jack Brabham wäre.

Was für ein Mordsspaß, sage ich. Tony wird es ganz schön heiß sein.

Ich habe eine Hand auf dem Lenkrad, der Ellbogen ragt raus, meine Finger trommeln auf der Tür.

Kann's nicht erwarten, das nochmal zu hören, sage ich.

Was zum Teufel redest du da? sagt Boffa.

Hab' ich's dir nicht gesagt?

Nein, du hast es mir nicht gesagt, schnauzt mich Boffa an.

Wir sind fast ganz am Ende der Sackgasse, wo die Banksia Street in den Ford Park einmündet. Die Tore sind natürlich mit Bogenschlössern versperrt. Ich habe es mir nie erklären können, denn du kannst immer mit Vollgas über den Rasen driften und Autos im Fluss versenken. Ein armseliges Exemplar von einem Fluss, schaut mir mehr aus wie ein Abflussrohr. Oder du kannst sie hinter den Umkleidekabinen abfackeln. Tony hat sie liebend gern abgefackelt, sage ich, aber das ist eine andere Geschichte.

Hast du nicht gemacht, Tony, oder? fragt Sharon. Ich kann aus ihrer Stimme heraushören, dass sie beeindruckt ist.

Tony grinst und zuckt mit den Schultern, als ob er beides getan haben wollte.

Wie dem auch sei, sage ich, kommen wir zur Sache zurück. Boffa sitzt neben mir, ist echt verärgert. Schön für ihn, aber ich muss mich um die Tore kümmern. Also steige ich auf die Bremse und drehe das Lenkrad herum. Ein sauberes, schwarzes Hufeisen bleibt auf der Straße zurück.

Mach das nicht, ohne es mir vorher zu sagen, sagt Boffa, aber ich ignoriere ihn.

Ich fahre wieder die Banksia Street hinunter, beobachte, wie die Tachonadel zwischen hundertdreißig und hundertachtzig pendelt, damit Tony gute Basstöne aus dem Auspuff kriegt.

Dauert nicht lange, und Boffa beginnt zu husten.

Das geht mir auf die Nerven, also dreh ich mich zu ihm und sage: Ja?

Ich hab dich was gefragt, sagt er.

Du hast mich was gefragt. Ich äffe den beleidigten Tonfall in seiner Stimme nach. Auch wenn ich in einer dunklen Gasse mit dem Rücken zur Wand stehe, würde ich es jederzeit mit ihm aufnehmen, aber der Typ ist manchmal echt sensibel.

Ja, sagt er. Ich hab dich was gefragt.

Ich schaue in den Spiegel und zupfe meine Stirnfransen zurecht. So schnell zu fahren kann deine Frisur echt ruinieren. Boffa schäumt. Ich warte noch einen Augenblick, dann dreh' ich mich zu ihm und sage: Und das wäre was?

Was? sagt er.

Er weiß, was ich meine, aber er will seine Revanche. Was willst du wissen? frage ich.

Nix.

Nix?

Boffa nickt. Ich hasse das. Wenn deine Kumpel deine eigenen Methoden an dir anwenden, kann das dumm laufen. Wenn das noch länger so geht, platze ich, also geb' ich es ihm.

Willst du wissen, was los ist? sage ich.

Boffa sagt nichts, also erzähle ich es ihm trotzdem. Tony ist im Kofferraum, um den Sound vom Auspuff aufzunehmen. Er schätzt, die Akustik ist dort besser.

Das weiß ich, sagt Boffa. Ich weiß, dass er im Kofferraum ist.

Ich bin baff. Boffa lässt den Sitz zurück, als ob er ein Nickerchen machen wollte. Er ist total unausstehlich, wenn er gewinnt. Ich beschließe, nichts weiter zu sagen. Schweigen lässt das Ergebnis irgendwie zweifelhaft aussehen.

Aber Boffa lässt es nicht dabei bewenden. Der Eisbär ist also im Kofferraum und spielt mit seinem Akai, sagt er.

Mach' das nicht, sage ich. Nenne ihn nicht so.

Du tust es, sagt er.

Das ist was anderes. Ich bin sein Bruder.

Boffa denkt darüber eine Minute nach. Dann sagt er, Schneewittchen.

Ich versuche es zu ignorieren, aber innerlich brenne ich.

Weißbier.

Ich trete aufs Gas und drücke eine Kassette hinein.

Vanillemilch, übertönt Boffa die ersten Takte von Slade Alive.

Boffa ist jetzt wirklich drauf und dran zu gewinnen, aber ich tu' mein Bestes, es ihn nicht wissen zu lassen. Ich überlege, ob ich anhalten und ihm eine reinpfeffern soll, aber er ist doppelt so groß wie ich und außerdem mein Kumpel.

Das hättest du tun sollen, unterbricht mich Sharon. Niemand sollte Tony so nennen.

Ja, sage ich, es klingt ein wenig krass, aber du musst bedenken, dass Tony sich selber so nennt. Wusstest du, dass er sich selbst "Vanille" nennt? Ich trinke immer Schokolademilch und er immer Vanillemilch. Ohne Ausnahme. Und ich bin bei dir. Boffa hätte ihn nicht so nennen dürfen.

Wir sind in der Oriel Street, auf dem Nachhauseweg, als ich die Anlage abdrehe und ihm meine Meinung sage.

Wenn du jemals diese Spitznamen in Gegenwart von Tony verwendest, bring ich dich um, sage ich.

Klar, sagt Boffa.

Er ist mein Bruder, sage ich.

Ich verstehe, sagt Boffa.

Wir bleiben bei der Ampel stehen und Boffa schaut in den Außenspiegel. Glaubst du, ihm geht's gut da hinten?

Er ist eine harte Nuss, sage ich.

Glaubst du, er kriegt genug Luft?

Ihm geht's gut, bis wir zu Hause sind.

Wie lange ist er da schon drin? Boffa klingt wirklich besorgt.

Zehn Minuten, sage ich.

Wir fahren seit mindestens zwanzig Minuten, sagt Boffa.

Ihm geht's gut, sage ich.

Was, wenn er keine Luft kriegt?

Du versuchst zu behaupten, dass ich mich nicht um meinen kleinen Bruder kümmere, denke ich, aber ich sage nichts.

Du weißt nicht, ob er Luft kriegt, oder?

Ich begreife, dass Boffa schreit. Mein Fuß ist mit dem Gaspedal verschmolzen, meine Knöchel heben sich weiß vom schwarzen Lenkradüberzug ab.

Boffa schreit, aber ich weiß, dass ich meinen Bruder liebe. Ich würde nie irgend etwas tun, das ihm wehtut.

Du wirst ihn umbringen, schreit er. Du wirst ihn umbringen.

Die Tachonadel zuckt um die zweihundert, meine Hände zittern, jeder Knochen in meinem Körper scheppert. Ich weiß, das ist alles ganz falsch. Ich weiß, ich würde das Tony nicht antun.

Boffa packt das Lenkrad mit einer Hand und stößt mich mit der anderen. Plötzlich bin ich gegen die Tür gedrückt und der Wagen driftet auf einen Strommasten zu. Boffa schlägt ein Bein über mich und sucht damit die Bremse. Ich schließe die Augen. Der Wagen hüpft und wir sind runter von der Straße, steuern auf den Fluss zu. Ich sehe, wie sich der Kofferraum mit Wasser füllt, und irgendwie bringt mich das raus.

Der Wagen kommt knapp vor dem Ufer zum Stillstand. Wir sind beide blitzartig draußen, rennen zum Heck. Ich komme dort an und erinnere mich, dass ich den Schlüssel vergessen habe.

Die nächsten paar Sekunden sind die längsten meines Lebens. Endlich steckt der Schlüssel im Schloss, und ich mache den Kofferraum auf. Wir beide greifen nach Tony und ziehen ihn heraus.

Er ist weißer, als ich ihn je gesehen habe, aber er klammert sich noch an seinen Kassettenrekorder, und er scheint zu atmen.

Geht's dir gut? frage ich ihn.

Er schüttelt den Kopf. Seine Augen sind geschlossen und ich fühle mich einfach elend. Einen Augenblick lang vergesse ich, dass er das Licht nicht ausstehen kann. Atme ein paar mal tief durch, sage ich. Wir haben dich gerade rechtzeitig rausgeholt.

Dann lacht er. Ein gedehntes, zwerchfellerschütterndes Gelächter, das mich verwirrt.

Ich weiß nicht, was los ist. Was hast du denn? sage ich.

Du wirst es nicht glauben, sagt er, ich habe die Batterien vergessen.

Ich lache.

Boffa lacht.

Wir alle lachen.

Ich sehe es ganz klar vor meinem geistigen Auge.

Da stehen Boffa, der härteste Skinhead in West Heidelberg, Tony, mit seinen hervorquellenden Augen und seiner Albino-Haut, und ich, sein Bruder, neben dem Monaro, der so knapp davor ist, in den Darebin-Fluss zu fallen. Wir lachen und umarmen uns, als ob wir gerade die Wahl zum Premierminister gewonnen hätten.

Sharon umarmt Tony und gibt ihm einen dicken Kuss, als ob sie ihn selbst gerade gerettet hätte.

Tony nimmt es auf, die Ruhe selbst.

Ich kann das Lied schon hören – *Have I ever told you that you're my hero? (Hab' ich dir je gesagt, dass du mein Held bist?)* – wie es bei ihrer Hochzeit gespielt wird.

Plötzlich entzieht sich Tony Sharons Umarmung.

Nette Geschichte, sagt er zu mir. Nur, als du den Monaro hattest, hatte ich keinen tragbaren Rekorder, nur einen alten Revox. Ein verdammt riesiges Monster mit Viertelzollbändern, der hätte nie in den Kofferraum gepasst.

Sharon starrt Tony an, mit diesem langen, neugierigen Blick, als ob sie etwas sagen wollte, aber die Worte dazu nicht fand.

Tony streckt seine Beine vor sich aus, dann verschränkt er die Hände in seinem Nacken und lässt die Ellbogen schlenkern wie Elefantenohren. Ich hab' dich vor den Geschichten von Ray gewarnt, oder nicht? sagt er.

Es hat keinen Sinn, mit ihm zu streiten. Er würde es nie zugeben. Ich könnte Boffa anrufen, aber der ist dieser Tage derart weggetreten, dass er sich wahrscheinlich auch nicht daran erinnern wird.

Wir sitzen einfach da und sehen einander an, und nicht einmal mir fällt irgend etwas ein, das ich sagen könnte.

Naja, Tony schaut mich nicht an, jedenfalls nicht mit seinen Augen.

Es gibt nichts, was nicht auch später gesagt werden könnte. Ich höre dem Rhythmus zu, wie sie einatmen, ausatmen, einatmen, ausatmen, und ich merke, wie die Laute sich angleichen und den Raum erfüllen.

CATHERINE MCNAMARA

Übersetzung Ka Ruhrdorfer

Eine Kurzgeschichte zu schreiben ist ein Kampf, der vielleicht noch größer ist als bei einem weitschweifenden, fesselnden Roman oder einem knappen, gewandten Gedicht. Denn die Kurzgeschichte setzt so vieles voraus: einen spannenden Beginn, eine faszinierende Geschichte, eloquente Sprache, eine rasante Handlung, eine sich entfaltende Wahrheit und ein bedeutsames Ende, das die Lesenden verblüfft/ohrfeigt/aufmuntert/erleuchtet. Viele beherrschen dieses Metier. Diejenigen unter uns, die eine annehmbare Kurzgeschichte zu schreiben versuchen, fallen manchmal aufs Maul.

Eine Kurzgeschichte bedeutet viel Arbeit. Sie kann nicht einfach aus einem Roman zurechtgestutzt werden oder eine faszinierende Abhandlung über Sprache darstellen. Sie muss aufs genaueste ausgewogen und doch augenscheinlich schwerelos sein; sie muss sich rasch entfalten und den Lesenden trotzdem Zeit geben, sie zu verstehen; sie muss überraschen und unterhalten. Jede Geschichte muss fundiert und selbsttragend sein, auch wenn sie mit anderen Kurzgeschichten verkettet ist. Die ersten Zeilen müssen auf eindringliche Weise den richtigen Ton treffen. Unter der Hektik der Geschichte verbirgt sich die verschüttete Welt der Suggestion: eine umfassendere, tiefere Kenntnis des Leben der Personen, die die AutorInnen preisgeben könnten, aber nicht sollten. Es darf kein anderes Ende auf der Hand liegen, kein anderer Weg offen sein. Die LeserInnen folgen den AutorInnen auf Schritt und Tritt wie Kinder durch einen Wald.

Am Ende einer gut geschriebenen Kurzgeschichte kann es sein, dass die LeserInnen nicht sofort belohnt werden, sondern sich durcheinandergebracht und ein wenig unbehaglich fühlen. Das bedeutet, die AutorInnen haben ihre Arbeit gut verrichtet. Die LeserInnen werden dann eine Zeitlang über die Kurzgeschichte nachdenken, Fragen stellen und überlegen, wie der Schluss zustande kam, und sie werden vielleicht in die tiefsten Schichten der Geschichte vordringen. Das wird ihre Belohnung sein.

Wenn ich eine Kurzgeschichte der ganz großen AutorInnen lese, würde ich oft am liebsten das Handtuch werfen. Ich bin sprachlos. Mich hungert nach mehr. Und doch setze ich meine eigenen Versuche fort, verzaubert von dieser betörenden, flatterhaften und strikten Form. Seit mehr als zwanzig Jahren schreibe und veröffentliche ich immer wieder Kurzgeschichten. Meine erste hieß „Elton John's Mother" („Elton Johns Mutter") und handelte von Müttern, die von Sozialhilfe in einer Wohnwagensiedlung im nördlichen New South Wales lebten. Sie erschien 1990 in einer Anthologie namens „Australische Kurzgeschichten" und wurde dann in die „Fabulous at Fifty"-Anthologie aufgenommen. Ein britischer Verlag brachte 2013 meine eigene Sammlung „Pelt and Other Stories" heraus. Darin geht es um kulturelle Veränderungen in afrikanischen und Europäischen Kulturen. In meinen Geschichten verwebe ich Geschichte, Ausbeutung, Sex, Geschwister, sogar Snowboarden; doch das Herzstück bildet jedesmal eine pochende Erzählung, die aufgelöst werden will.

Ich genieße jedesmal das Gefühl des Entdeckens, wenn ich eine Kurzgeschichte schreibe, diese unglaubliche Spannung, die dich umfängt, während du dir Gedanken machst, ob die Geschichte an Stärke verliert, und du darauf wartest, dass sich das richtige Ende von selbst einstellt. Mir wird noch immer davon schwindlig. Ich glaube auch, dass die fortdauernde Aufgabe für AutorInnen von Kurzgeschichten nichts weniger als dies ist: den Klängen unserer Welt zu lauschen und die großen MeisterInnen ehrfurchtsvoll zu lesen.

Die Verlobte aus Äthiopien

Letzten Monat kam mein Bruder zurück nach Sydney, mit seiner Verlobten aus Äthiopien. Adams Karriere schlang sich durch verschiedene humanitäre Hilfsorganisationen in der ganzen Welt. Er hatte ein Haus am Hafen und ein Apartment in New York gekauft und die Sahara durchquert. Er zog vor achtzehn Jahren von uns weg und wann er auch immer zurückkam, gab es eine Woche Sturm.

Ich traf sie auf dem Flughafen. Die junge Frau war kein ätherisches Supermodel wie David Bowies Frau. Sie war klein, eingebildet und nicht sehr dunkelhäutig. Ich entdeckte Adam, als er die Dokumente in einem Bündel einsteckte und ihre schweren Taschen herumbugsierte. Sie folgte in seinem Windschatten.

„Adam!"

„Jim!"

Als wir uns umarmten, spürte ich, dass seine Körperspannung nachgelassen hatte – er machte keinen Sport mehr. Wir lösten die Umarmung und er stellte mir Laila vor. Sie hatte ein Lächeln wie Juwelen, aber auch Hautprobleme und eine unförmige, unattraktive Nase. Mein erster Gedanke: eigenartig, denn Adam hatte immer nur makellose Frauen.

Wir fuhren vom Flughafen weg. Während der Fahrt briefte mich Adam. Er blickte kurz zu Laila zurück, die aus dem Fenster schaute. Ich schaute in den Rückspiegel und sie lächelte zurück. Ihr Haar lag in lockeren Spiralen auf der hellbraunen Polsterung.

Sie würden ungefähr einen Tag bei Mama und Hadley in Drummoyne bleiben, ehe wir alle zum See hinauf fahren würden. Ich fand einen Parkplatz, und Adam und ich rollten die Koffer auf den Gehsteig. Er atmete tief ein, schaute hinunter zum Segelklub, wo er unzählige Joints geraucht, wo er Leanne Banks oft in die Büsche gezogen, wo er einmal bei rauem Wind sogar das Ruder von einem Flying Eleven[1] abgebrochen hatte. Die Bucht war jetzt spiegelglatt, mit einer klaren Färbung. Doch in einer Stunde würde der Wind das Wasser aufpeitschen.

„Fährst wohl gleich zurück in die Arbeit?"

„Ja, ich sollte mich beeilen. Bis heute Abend?"

---

1 schnelles Segelboot für Zwölf- bis Achtzehnjährige

Adam öffnete Lailas Tür und sah, wie sie döste. Ihre Augenbrauen lagen zottig über den fest geschlossenen Augen wie Frida Kahlo im Schlaf.

Mitten am Nachmittag rief mich meine Mutter an. Sie betete Laila an, obwohl ich vermutete, dass es nicht wirklich Laila war, die sie anhimmelte, sondern die Aussicht auf eine braunhäutige Schwiegertochter und exotische Enkel, die den einen oder anderen Besuch in New York verlangen würden. Mutter suchte auf der schwirrenden Leinwand ihres Lebens nach solchen Leuchtraketen. Sie hatte einen Installateur geheiratet, Adam geboren, mit einem Bildhauer zusammengelebt und mich bekommen. Jetzt gab es Hadley, einen ernstzunehmenden Dekorateur, der sie beim Fotografieren forcierte und mit ihr nach New Mexico gereist war.

„Hast du schon mit Laila geredet?", fragte ich sie. Ruben war bei mir, im St. Leonards Büro.

„Wir haben uns gerade auf einen Kaffee getroffen," sagte sie. „Sie ist wirklich hinreißend. Ich freu' mich so für sie beide. Kommst du zum Abendessen? Wann fährst du uns zum See nach?"

Ich legte den Hörer auf und bewegte mich von Rubens Augen weg. Im Nachspiel fragst du dich immer, wie du jemals geliebt hast, als ob es ein jämmerliches Gefühl wäre, das gelöscht werden müsste. Er ließ meine Apartmentschlüssel auf den Tisch fallen. Ich sah, wie er seine Schultern zusammenzog, der Schweiß würzig auf meinem Mund, wie meine Nackenmuskeln sich entspannten. In einem Jahr würde uns die Anziehungskraft verlassen haben.

Am nächsten Tag war der Verkehr von Sydney hinaus die Hölle. Ich las Rubens letzte freche Nachricht und stellte mir vor, wie seine dicken Finger die Tasten verschmierten. Ich schaltete das Handy aus. Die nördlichen Vororte waren dicht aneinander gebündelt bis zum letzten Haus auf Pfählen zwischen den Bäumen. Ich öffnete mein Fenster bei einem Auffahrunfall knapp nach Hawkesbury. Der Geruch von Eukalyptus drang herein, der Duft des gestohlenen Landes. Der Verkehr schlängelte sich durch zwei Sandsteinwände, die mit Dynamitstangen gespickt waren.

Mama war von Sydney mit Taschen voll Delikatessen abgereist, um nicht von ihrem Sohn, der Köche und anderes Personal beschäftigte, herabgesetzt zu werden. Die Kühlschränke waren mit heimischem Wein, tasmanischem Käse und Bechern voll Pastete vollgepfropft. Hadley karrte Bierkisten aus der Bootshütte am Wasser. Dort hatte Mama den Besuch einquartiert, im holzgetäfelten Raum über der Bootsrutsche, die in den grauen See ging. Ich war im Gästezimmer im Haupthaus untergebracht. Ich packte meine Sachen aus. Im Badezimmer hinten wichste ich mir einen ab und ließ das Drama der letzten paar Tage los.

Mama war in der Küche mit dem Andrücken des Bodens für einen Käsekuchen beschäftigt.

„Hadley riggt gerade auf", sagte sie.

Tatsächlich sah ich den Masten von Hadleys teurem 20-Fuß-Boot unten beim Landesteg. Das Hauptsegel flatterte herum.

Ich sah, wie Adam ihn vom Landesteg schubste und sich umdrehte, dann mit seinen weichen Füßen über die Maserung des Holzes ging. Ich sah seine schlaffen Schenkel und den Bauchansatz. Er verschwand aus meinem Gesichtsfeld. Ich schlenderte über den Rasen hinunter und ging zu den Stufen.

Sie lagen auf Liegestühlen in der Sonne, nahe am Wasser. Laila hatte an Farbe und Attraktivität gewonnen. Sie lag in einem weißen Bikini da mit offenem Haar, das sie umkränzte. Adam saß auf dem anderen Stuhl, lehnte sich nach vorn, um seine Handfläche auf ihren Bauch zu legen, und sie küssten sich intensiv und es war das erste Mal, dass mein Bruder so diese Eroberung ausdrückte.

Nach dem Abendessen schlenderten wir hinunter zum Wasser. Hadley machte sich daran, ein Feuer mit einer Packung Grillanzünder zu machen. Laila sah ihm zu, wie er die Flammen schürte, während Mama mit einem Tablett Getränke die Stufen herunterkam.

„Wir haben Eukalyptusbäume rund um Addis", sagte Laila zu Hadley in einer hellen, nachdenklichen Stimme.

Adam sprang ein. „Sie wurden von den Holländern ungefähr vor sechzig Jahren eingeführt, um die Bodenerosion einzudämmen."

„Eigentlich nicht", sagte Laila. „Da liegst du falsch, Adam. Sie wurden aus diesem Land von unserem Kaiser Menelik eingeführt, als er Addis Ababa zur Hauptstadt machte, am Beginn des letzten Jahrhunderts. Es gab nicht genug Holz und er glaubte, diese Art würde zu unserem Klima passen. Tatsächlich gedeihen sie gut, wie du gesehen hast."

Adam hatte jahrelange Erfahrung, bei einer Dinnerparty so richtig Theater zu machen. In Nairobi hatte ich gesehen, wie widerstandsfähig und glatt er geworden war. Doch hier war es seine eigene Freundin mit einem Doktortitel, die in irgendeiner abgelegenen Siedlung arbeitete, die ihn an die verworfenen Bahnen der Geschichte erinnerte und ihn vor unseren Augen vorführte. Adam sank zusammen und wurde zum mürrischen Adam, den wir alle gut kannten, und begann an seinem Daumennagel zu kauen.

„Ich habe vorher gehört, dass die Banks angekommen sind", sagte Mama. „Adam, erinnerst du dich an Martin und Deirdre? Du warst früher mit Dean segeln."

Mama, die Arme, konnte Leanne, die langjährige Freundin von Adam und jüngere Schwester von Dean nicht auslassen. Als ich Deanne zuletzt sah, hatte sie drei Kinder und war noch immer gertenschlank. Sie war gerade geschieden. Laila, die zwar ihren Kaiser Menelik kannte, aber nichts von Leanne wissen konnte, kam herüber und schenkte doppelte Whiskys auf Eis ein. Sie reichte einen Adam.

„Nein, danke", sagte er gleichgültig.

Laila blieb vor ihm stehen.

„Ich nehme ihn", bot ich an.

Ich hörte sie in der Nacht. Ich ging das Ufer entlang, hörte das Rasseln der Segel gegen die Masten und das Schaukeln der Schiffsrümpfe. Ich spürte die Abwesenheit von Ruben auf meiner Haut und unsere gemeinsamen Zeiten, die wir heimlich hier abgezweigt hatten. Doch Ruben und ich hatten unseren Absichten nicht gut geregelt, und er hasste die pedantischen Regeln beim Segeln und das schlammige Bett des Sees. Zwei Häuser weiter von uns entfernt brannten Lichter im Haus der Banks, und ich hörte eine lautstarke Verfolgungsszene im Fernsehen. Laut Deirdre, einer langjährigen Tennispartnerin meiner Mutter, war Leannes Ex in einem anderen Bundesstaat, und sie ging mit einem Maorityypen.

In der Bootshütte konnte ich Adam und Leila streiten hören. Adam klang für mich, als ob er gerade ein wenig zu viel bedrängt von ihr bedrängt worden wäre. Ich stellte mir vor, wie er zusammengerollt auf der Couch lag und versuchte, sich von ihr abzuschotten und die Zähne zusammenbiss, um die Kontrolle zu behalten, während ihre hohe Stimme sich kreisend emporschwang.

Ich hörte, wie der Korbstuhl umgeworfen wurde und der Tisch über die Holzdiele kratzte. Ich hörte einen Körper linkisch hinfallen und ein Handgemenge auf dem Holz. Entgegen allem, was ich für mich als erwiesen angesehen hatte, kriegte ich einen Ständer.

Ich wachte vom Lärm auf, den Mama und Laila machten, als sie zum Einkaufen in die Stadt fuhren. Adam war in der Küche. Er trug ein loses Hemd mit einem koptischen Kreuz, das quer über die Brust gestickt war.

„Hallo da", sagte er. Ich fragte mich, was mit seiner Freundin und den zerbrochenen Möbeln passiert war.

„Hadley?"

„Er ist draußen im alten Boot. Hofft, dass er noch weiß, wo er die Krabbennetze versenkt hat."

„Und ihr? Was habt ihr heute vor?"

Adam murmelte in seine Zeitung. Als ein in Sydney Geborener litt er noch immer an den Immobilienpreisen. „Ich dachte, ich fahre mit Laila auf die andere Seite hinüber, an den Strand. Magst du mitkommen?"

„Nein, danke. Ich glaube, ich bleibe hier."

Ich schenkte mir Kaffee ein und schüttelte ein paar Mineraltabletten heraus.

„Nimmst noch immer dieses Zeug", sagte er, ohne seinen Kopf zu heben. Vor zehn Jahren, ehe er sein braves Leben begann und zulegte, hatte Adam einen vollendeten Körper gehabt.

„Kann das Team nicht enttäuschen."

Adam sah herüber. Vor Jahrzehnten hatte Adam in einem vollgepackten Vorortebus beinahe denselben Ausdruck gehabt, als er das Kalb zwischen die Augen getroffen hatte. „Welchem *Team* gehört Jim an?", hatte er geschrien und gelacht, gefolgt vom restlichen Bus. Alle Gesichter hatten sich dem blassen Kind in kurzen Hosen zugewandt.

Doch jetzt war ich unbeeindruckt. Als Adam die Sahara durchquerte, war eine Gruppe Skandinavier von einigen Tuaregs gekidnappt worden, und ein Mann, der gleich alt war wie mein Bruder, entfloh in die Wüste in den Tod. Ich spielte mit dem Gedanken, dass Adam sich in den Dünen verirrt hatte und wie ein Baby schrie und seinen letzten Gedanken nachhing. Jedesmal, wenn Adam zurückkam, tauchte dieses Bild bald in meinen Gedanken auf. Meine Dankbarkeit, dass es ihn nicht erwischt hatte. Adam hatte keine Ahnung, dass er sie erst verdienen musste.

„Wann habt ihr denn beschlossen zu heiraten?", fragte ich.

Adam faltete die Zeitung und beeindruckte mich.

„Es war eine Reaktion, schätze ich. Zwei unserer Freunde wurden dieses Jahr bei einem Autounfall getötet. Wenn Lastautos außerhalb von Addis kaputtgehen, lassen die Fahrer eine Spur mit Zweigen als Warnung an der Straße zurück. Tom und Irene sahen das nicht und rasten in einen liegengebliebenen Lastwagen. Laila und ich fanden die beiden am folgenden Morgen. Danach dachten wir – ich weiß, es gibt da keinen Zusammenhang – es wäre Zeit uns zusammenzuschließen."

Seine Stimme verklang und ich konnte nicht anders, als an den armen Tom und Irene zu denken, die in Adams Geschichte aufgesogen wurden.

„Dort drüben gibt es kein Grau. Alles ist schwarz oder weiß. Verrückte Dinge passieren."

„Dir muss es irgendwie gefallen", wagte ich zu sagen. „Der Indiana Jones-Faktor."

„Nicht, wenn du siehst, wie die Innereien deiner Freunde von wilden Hunden zerfleischt wurden."

„Entschuldige, das meinte ich nicht."

„Wer zum Teufel weiß schon, was du meinst."

Er ging zur Schiebetür, von der aus man den See überblickt. Eine paar Einer in einem Ruderwettbewerb zogen im Nordostwind gegen eine orange Boje im Wasser. Wir beide schauten zu, wie die beiden Führenden in einer neuen Wende mit schön gesetzten Segeln davonfuhren.

„Sie dachten, dass Lailas Bruder schwul sei, weißt du. Deshalb wollte sie dich wirklich gern kennenlernen. Ihre Mutter ist Italienerin und ihrem Vater gehört ein Transportunternehmen. Offenbar ging ihr Bruder Bisrat zum Studium nach Mailand und verlor dort die Orientierung. Jetzt ist er wieder zu Hause und arbeitet bei ihrem Vater. Er hat eine tolle Frau geheiratet, weißt du. Echt toll. Sie bekommen ein Kind."

Ich dachte: armer verschlafener Bursche mit der Schlinge der Schönen um den Hals.

„Großartig, vielleicht sollen wir alle heiraten und uns vermehren."

„Schön, dass du auf dem hohen Ross sitzt. Wir sprechen von einer Kultur mit einer mehr als dreitausend Jahre alten Geschichte. Nicht einer Wagenladung weißer Penner in Lederkluft."

„Willst du damit sagen, dass ihre Kultur in den dreitausend Jahren nie einen Mann hervorgebracht hat, der einen anderen Mann liebte?"

Adam wich zurück. „Du hast keine Ahnung von der Menschheit", sagte er. „Du kranker Arschficker."

Ich konnte nicht schlafen und ging wieder hinunter zum Wasser. Geräusche kamen von ganz drüben über den schwarzhäutigen See. Ich hörte die Bikergangs auf der anderen Seite mit ihren Kerosinlampen und Bieren. Jemand rief: *Bob! Wo zum Teufel ist Karen?* Die Lichter in der Bootshütte waren ausgeschaltet. Ich ging das Ufer entlang und hörte

Adams Stimme und blieb lautlos stehen. Sie kam vom Grasflecken hinter dem Haus der Banks. Er und Leanne Banks redeten in der Dunkelheit.

„ – als er sich weigerte aufzuhören, habe ich ihn verlassen. Aber vorher verlor er noch seinen Job und plünderte unsere Ersparnisse. Er ging Kyle an die Wäsche.“

„Hast du es der Polizei gesagt?“

Ich glitt hinter die Bootshütte der Banks und lehnte mich gegen den Felsen. Ich sah, wie Leanne ein paar Bier aufmachte. Die Flaschen klirrten.

„Wie ich höre, läufst du in den Hafen der Ehe ein“, sagte sie.

„Und wie ich höre, gehst du mit einem jungen Maorikerl“, antwortete Adam.

„Komm schon, du bist doch nicht etwa eifersüchtig?“

„Halte ihn lieber von Jim fern. Er steht auf ein bisschen Farbe.“

„Na, du solltest nicht so reden“, sagte sie und lachte laut. „Was ist mit deiner Äthiopierin?“

„He“, sagte er mit einer tieferen Stimme. „Dreh dich doch mal um, damit ich deinen Arsch im Mondlicht sehen kann.“

Ein Fangschiff gluckerte über den See. Als das Kielwasser passierte, konnte ich sie nicht deutlich verstehen. Ich hörte ihre Stimme weiter hinten, unterdrückt, aber konnte nicht ausmachen, was sie sagte. Ich schlängelte mich nach oben und sah ein Feuerzeug unter dem Feigenbaum bei der Holzveranda der Banks aufflackern, und mein Rücken kribbelte. Eine Weile brannte die Zigarette neben dem riesigen Baum fünf Meter über uns. Ich hoffte, es wäre Deirdre, die heraußen rauchte, oder das älteste Kind von Leanne mit einem Joint. Dann hörte ich ihr Stöhnen. Ich glitt weiter zwischen die Bootshütte des Alten und der Klippe. Die weißen Hüften meines Bruders begannen im Takt über ihr zu schwingen, und ihre Finger umklammerten das Gras. Dann hörte ich Schritte über die Metallstufen klappern, die der alte Banks in den Felsen eingelassen hatte, und eine große, kaffeefarbene Hand wie die von Ruben warf die Zigarette in das Farnkraut zu meinen Füßen. Er zog Adam herunter, während die schreiende Frau sich wegdrehte und ihr Gesicht verbarg. Der große Maori stieß sein Knie in Adams Leiste und begann auf sein Kinn einzuschlagen.

Laila kam und sah mir zu, wie ich das Kanu aus der Bootshütte zog. Sie roch nach Kaffee und unterbrochenem Schlaf.

Die Sonne brannte erbarmungslos und machte durch Nesselstoff betrachtet schmale Augen, was bedeutete, es würde am folgenden oder übernächsten Tag regnen. Heute war ein Tag zum Vögeln.

„Hilf mir beim Herausheben."

Sie trug nur ihren weißen Bikini unter der Rettungsweste. Ihr Haar fiel auf die Schultern, obwohl sie es mit einer Hand durchfuhr. Dabei entblößte sie einen goldenen Ohrring, der von der Krümmung des Ohrs oben herabhing.

Wir paddelten nach Osten, als sich das Licht auf beide Seiten legte. Es gab keinen Wind, nur Spiegel einer durchsichtigen Wolke. Ein paar Fangschiffe kamen mit hochgezogenen Netzen zurück. Obwohl ich ihr ein Ruder gegeben hatte, tauchte sie es bloß von einer Seite auf die andere und überließ mir das Rudern. Schließlich hörte sie auf und legte das Ruder auf den Bootsrand. Ich zog mächtig in den Strudel und spürte meine Schultern wie einen Bausatz, der gut zusammengefügt wurde. Ich hätte vielleicht eine Chance gegen den Kiwi gestern Nacht gehabt, aber ich verharrte zwischen der Bootshütte und dem Felsen und roch die Flechten, während Adams Kopf auf seinem Hals pendelte.

Wir schwenkten ins Seichte, und ich hievte das Kanu heraus, ohne den Rumpf zu zerkratzen, obwohl das Schaukeln Laila starr werden ließ. Ich half ihr heraus, band den Bug an einen Stein, den ich vom Ufer hineingeworfen hatte. Es gab viele raue Büsche, alte Feuerstellen und zerdrückte Dosen. Zu Weihnachten und Ostern kampierten hier Familien, um mit den Wasserskis über das stille Wasser auf und ab zu glühen, gezogen von Booten mit Namen wie *Rebell* und *6-Süchtig*. Doch an diesem Morgen war niemand da, nur Glut und ein diffuser Geruch von Kot. Weit weg, in einer anderen Bucht des Sees, setzten die Kohlestapel am Dora-Fluss Rauchkringel frei.

Laila hockte nahe am Wasser. Ihre Oberschenkel hatten Einbuchtungen, und sie umschlang ihre Knie. Eine paar Schamhaare waren tief zwischen ihren Beinen dem Höschen entkommen, das ließ sie mir sympathischer erscheinen.

„Bisher warst du noch nicht in Addis", tadelte sie und übertrieb das letzte S.

„Nein. Aber ich habe Adam in Nairobi besucht. Das ist schon lange her. Wie habt ihr euch kennengelernt?", fragte ich.

„Eigentlich durch meine Schwester. Ich nehme an, Adam hat es dir nicht erzählt. Iri. Irene."

„Nein." Aber der Name sagte mir etwas.

„Adam stand unserer Familie sehr nahe. Die beiden wollten heiraten."

„Was geschah?"

Laila schaute hinunter. „Tomas ist Deutscher. Sie erwartet ein Kind von ihm. Iri ist die Frau, die dein Bruder haben wollte."

Ich hielt einen Augenblick inne und dachte über das nach, was Adam gestern erzählt hatte. „Heißt das, sie sind noch in Addis?"

„Sie haben gestern in Addis Abeba geheiratet."

Laila sprach ganz langsam und vergewisserte sich, dass ich sie anschaute. „Iri mochte Adam schon", sagte sie. „Und ich habe deinen Bruder immer angehimmelt. Wir sind keine schlechten Menschen."

Sie erlaubte mir, ihr trauriges Gesicht anzusehen. Tom und Irene. Tomas und Iri. Das Paar, das Adam in einem Autowrack niedergemetzelt hatte, in seinen Gedanken. Seine Angebetete, die das Kind eines anderen in sich trägt und von wilden Hunden zerfleischt wird. Und jetzt Adam, der der Wüste Entkommene, der wild um sich schlägt mit seinem widerwärtigen Geheimnis, dass ihm die Zunge im Mund zerplatzt. Laila wandte sich der anderen Seite des Sees zu, wo die Bootshütte gerade noch zu erkennen war, in der Adam schlief, einen tropfenden Eisbeutel auf dem mit Draht fixierten Kiefer und frisch genähten Kinn.

„Ich bin froh, dich kennengelernt zu haben", sagte sie, als der Wind sich in ölduftenden Stößen erhob.

CLEMENS SETZ

Wie erzählt man kurze Geschichten?

In unserem Kulturkreis gibt es eine ungewöhnliche Klein-Tradition des spontanen Erzählens. Es ist das weit verbreitete Phänomen der *Geburt des erzwungenen Geschichtenerfindens im katholischen Schulunterricht,* genauer: bei der Vorbereitung zur Erstkommunion.

An einem Tag mussten wir alle in den Beichtstuhl gehen und beichten. Und zwar unsere Sünden. Oder nur eine Sünde, eine würde schon genügen, hieß es. Aber niemand hatte eine, wir redeten vorher darüber, keiner von uns wusste etwas richtig Schlimmes. Also erfanden wir natürlich etwas. Und wir verglichen unsere Sünden hinterher miteinander. Manche kamen enttäuscht aus dem Beichtstuhl, sie hatten ihre Erfindung nicht gut genug erzählt und der strenge Pater hatte ihnen nicht geglaubt, ihnen aber trotzdem vergeben.

Mir glaubte er.

Ich hatte ihm erzählt, ich hätte – kein Witz – eine Blume ausgerissen und damit jemanden verdroschen. Ich weiß nicht mehr, wie ich, als Sieben- oder Achtjähriger, darauf gekommen war. Es kam einfach, fühlte sich irgendwie richtig an und mein Mund sprach es aus. Vielleicht dachte ich, es wäre besonders verwerflich, jemanden mit einer Blume zu verprügeln, weil eine Blume bei Erwachsenen ja als etwas Schönes, Zartes und Schützenswertes galt. Ich weiß auch nicht, warum der Pater, vor dem ich diese Sünde beichtete, darauf einging. Möglicherweise hatte ich genau seinen Sinn für überdeutlich Reales getroffen – hatte durch Zufall genau der Schnittpunkt dreier Elemente erreicht, die das Wesen kurzer Erzählungen ausmachen: 1) ein suggestives, rätselhaftes Bild, das der Verstand des Hörers gerne weiterspinnen will, das er gerne als wahr ansehen würde, 2) eine Leerstelle, in der die ganzen Zweifel Platz finden (in meinem Beispiel: *Wie verprügelt man jemanden mit einer Blume?*), 3) der X-Faktor, die unbekannte Zutat. Was immer diese unbekannte Zutat in meinem Fall war, sie wirkte. Der Pater verzieh mir.

In der Luft

Kurz vor Sonnenaufgang wachte ich in dem großen, bei jeder Bewegung wie ein Schiff in schwerem Seegang knarrenden Bauernbett auf. Mein Nacken tat mir weh und meine linke Hand war eingeschlafen. Ich stand auf und ging durch die Stube zu einem der Fenster. Eine Verwerfung im Glas der Scheibe ließ den kleinen Kirchturm auf dem Hügel hinter dem Dorf hin und her wabern, als wäre er aus Gummi. Die Sonne war noch nicht aufgegangen, aber die ganze Gegend war bereits hell, auf den Wiesen hing fast durchsichtiger Frühnebel. Ich öffnete das Fenster und ließ etwas kalte Morgenluft herein. Unter mir, im Erdgeschoss des Hauses, hörte ich Schritte und Bewegung. Während ich mich anzog, fiel mir ein merkwürdiges Geräusch auf, das durch das offene Fenster kam, eine Art Schnarren wie von einem in einiger Entfernung aufgestellten Kompressor oder Stromgenerator. So viel ich wusste, wurde um halb sechs Uhr früh im Dorf noch nicht gearbeitet, also war es bestimmt keine der riesigen landwirtschaftlichen Maschinen, die ich gestern Nachmittag bei meiner Ankunft überall in der Umgebung knattern und schwirren gehört hatte. Was das Geräusch etwas unangenehm machte, war die Art, wie es sich veränderte und sich um sich selbst zu stülpen schien, wenn man den Kopf drehte, wie der Klang eines elektronischen Musikinstruments in einem Ringmodulator. Wenn ich mir die Finger in die Ohren steckte, war es immer noch da; es war zwar um einiges gedämpft, aber dafür schien es jetzt aus meinen eigenen Zähnen zu kommen, ein von einem Synthesizer sehr leise nachgespieltes Mahlgeräusch. Ich ging über die alte, schon etwas resigniert zwischen den Stockwerken hängende Holztreppe hinunter und betrat die Küche. Mein Cousin Jan und dessen Frau Sabine begrüßten mich. Ein Platz am Frühstückstisch war extra für mich hergerichtet worden, sogar die Zeitung lag lesebereit daneben.

Ich setzte mich und fragte, während mir Sabine einen Kaffee einschenkte, nach dem Geräusch, das heute Morgen in der Luft lag. Sie lächelte und fragte, ob ich Zucker oder Milch wolle.

- Nein, danke, ich trinke ihn immer schwarz.

Jan war gerade dabei, seine Wanderstiefel zu inspizieren. Es waren sehr dicke und fast übertrieben robust wirkende Exemplare. Man hätte mit ihnen wahrscheinlich sogar in toxischen Industrieabwässern herumpatschen können.

- Ich glaube, ich bin davon wach geworden, sagte ich.

Jan blickte mich fragend an, als hätte er keine Ahnung, was ich meinte.

- Von dem Geräusch, sagte ich. Hier ist es etwas leiser. Aber wenn man das Fenster aufmacht.

Sabine ging aus dem Zimmer. Jan stellte die Stiefel mit einem unterdrückten Seufzen zu Boden.

- Aber das Bett war okay?, fragte er.

- Ja, sicher, alles wunderbar, sagte ich.

- Im Sommer, sagte er. Da wird das obere Gästezimmer oft etwas heiß, weil es gegen Westen liegt. Und die Sonne brennt den ganzen Nachmittag rauf. Aber jetzt ist es noch nicht so schlimm.

- Gehst du wandern?

Wieder das ratlose Gesicht.

- Die Stiefel.

- Ach so, sagte er, nein. Die sind nur... Ich war schon draußen.

- So früh?

- Ich steh immer früh auf.

- Ich nehme an, auf dem Land gewöhnt man sich ganz automatisch dran, sagte ich.

Er nickte. Dann betrachtete er eine Weile seine Stiefel, schien etwas zu überlegen, schüttelte dann den Kopf und ging ebenfalls aus dem Zimmer.

Ich beendete das Frühstück allein und stellte, nachdem ich fertig war, das Geschirr ins Waschbecken.

Als ich ins Freie trat, wurde ich sofort von dem Geräusch eingehüllt. Hier, an der Frontseite von Sabines Haus (sie hatte es von ihrer Mutter geerbt), war es sogar noch lauter als oben im Gästezimmer bei geöffnetem Fenster. Es war nicht allzu unangenehm, mehr wie starke Sonneneinstrahlung, deren schädliche Wirkung man durch ein wenig Bewegung und ein ständiges Drehen und Wenden des eigenen Körpers in Schach halten kann.

Jan stand unten an der Wiese, wo sein Grundstück an den Wald grenzte. Ich ging zu ihm hinunter.

- Hier ist es ziemlich laut, oder?, sagte ich.

Er blickte mich an, dann schaute er über seine Schulter nach hinten, ob seine Frau in der Nähe war, und sagte:

- Ja. Blöd, dass es ausgerechnet heute angefangen hat.

- Wieso?

- Wo wir Gäste haben.

- Ach so, sagte ich. Mach dir wegen mir keine Sorgen. Es ist schon okay.

Er blickte zu Boden und stieß mit seiner Schuhspitze gegen irgendetwas, das im Gras lag.

- Was ist es denn eigentlich?, fragte ich.

- Ach, nichts weiter, sagte er. Die da oben, die haben so eine... ah, ich weiß gar nicht, was das ist. So eine Maschine.

- Okay, sagte ich. Und die läuft die ganze Nacht.

- Ja, pffff.

Er blies die Backen auf und schüttelte den Kopf.

- Das ist ja wirklich lästig, sagte ich.

- Mhm.

- Und man kann denen nicht sagen, dass sie es ausschalten?

- Äh, nein, die... weißt du, das sind komische Leute. Und ich kenne sie ja auch gar nicht.

- Aber die Sabine wohnt hier doch schon länger, sie müsste doch –

- Ihr ist es egal, sagte Jan. Glaub ich. Sie hört es schon gar nicht mehr.

- Ach so.

- Ist wahrscheinlich so wie bei Leuten, die an einem Wasserfall wohnen, sagte er und blinzelte gegen die Sonne, die gerade über den Bäumen aufzugehen begann. Die hören das irgendwann auch nicht mehr. Oder es stört sie nicht.

- Ja, das hab ich auch gehört. Aber das hier...

Ich drehte meinen Kopf hin und her.

- Ich weiß, sagte er. Aber es ist nichts.

Zu Mittag ging ich mit Sabine und Jan ins Dorfgasthaus essen. Normalerweise aßen sie immer zuhause, nur hin und wieder holten sie abends eine Pizza aus der Pizzeria am Dorfrand. Das Gasthaus war innen recht dunkel, schon nach wenigen Minuten vergaß man, dass draußen ein heller Frühlingstag war. Wir waren die einzigen Menschen in der Gaststube. Erst, als unsere Suppenteller weggebracht wurden, kamen einige Leute aus dem Dorf dazu. Sie setzten sich an einen Tisch neben uns. Jan grüßte, Sabine hob die Hand. Die Männer murmelten eine Begrüßung in unsere Richtung.

- Komisch, sagte ich nach einer Weile. So lange man kaut, hört man es nicht. Aber jetzt ist es wieder da.

Sabine machte ein fragendes Gesicht. Jan blickte auf seine Knie.

- Das Geräusch, sagte ich.

Neben mir verstummte das Gespräch der Männer für etwa eine Sekunde. Dann redeten sie weiter. Ich schaute kurz zu ihnen. Aber sie achteten nicht auf mich.

- Du hörst es bestimmt nicht mehr, oder?, sagte ich zu Sabine.

- Nein, sagte sie. Inzwischen nicht mehr.

Wir schwiegen eine Weile.

- Aber, begann ich. Ein wenig unfreundlich finde ich das schon, einfach so die ganze Nacht eine Maschine laufen zu lassen.

- Eine Maschine?, fragte Sabine.

Wieder wurde das Gespräch am Nebentisch etwas leiser. Wie ein Vogelschatten, der über einen Garten huscht.

- Oder was immer das ist, sagte ich.

Jan räusperte sich.

- Eine Maschine, wiederholte Sabine. Ja, irgend so was. Irgendein Ding.

91

- Aber es stört nicht, sagte einer der Männer am Nebentisch.

Es klang wie ein Urteilsspruch.

Ich blickte zu ihm. Es war ein älterer Herr, der einen schmalen Hut auf dem Kopf trug. An seinem Kinn hingen ein paar lange, weiße Barthaare.

- Nein, stimmte ich ihm höflich zu. Nicht besonders.

- Nach einer Weile zumindest, sagte er, aber jedes Mal –

Aber da wurde er von seinen Kollegen am Weiterreden gehindert. Einer legte ihm eine Hand auf den Unterarm und ließ sie dort. Der alte Mann nickte seinen Tischgenossen zu und widmete sich dann wieder dem langsamen Verarzten einer Pfeife, die, in mehrere Teile zerbrochen, vor ihm auf dem Tisch lag.

Nach dem Essen schlug Jan vor, einen Spaziergang zu machen, hinunter zur Autobahnunterführung und dann am Sägewerk vorbei zum bewaldeten Flussufer. Dort seien vor kurzem ein paar neue Tennishallen errichtet worden, erzählte er. Wir gingen los, ich in meiner Winterjacke, die mir bald zu warm wurde, er in einem Pullover und einem kleinen, schiefen Hut. In der Ferne blinkten noch einige Schneeflächen auf dem flachen Berg, dem Riedkogel, der von den Anwohnern wegen der vielen abgestorbenen Baumstämme meist *Igel* genannt wird.

Das seltsame Schnarren lag immer noch in der Luft und selbst, als wir uns langsam dem Rand des Dorfes näherten, wurde es nicht leiser. Mir kam es jetzt so vor, als lösten verschiedene Schallquellen einander ab, so ähnlich wie das Licht von Straßenlaternen, wenn man spätnachts durch eine Straße ging. Die Lichtkegel überschnitten sich, aber es gab immer zwischendrin Bereiche, die weniger hell waren. Und so war es auch bei dem Geräusch, manchmal wurde es leiser und schien sich hinter mir in der Ferne zu verlieren, empfing mich dann aber plötzlich wieder von vorne, nachdem ich einige Meter weit gegangen war.

- Das kommt von allen Seiten, sagte ich zu Jan. Oder?

Er blieb stehen, um sich die Wanderstiefel zuzubinden. Seit wir losmarschiert waren, waren sie ihm schon dreimal aufgegangen.

- Was?

- Das Geräusch. Es hört sich so an, als würde es von mehreren Schallquellen –

- Hm, machte Jan. Ich weiß nicht...

Er wurde langsamer, blieb stehen und schaute sich um.

- Komm, sagte er dann.

Er führte mich an einer kleinen Trafostation vorbei. Die Stromleitungen hingen schwer und majestätisch in der Höhe und spiegelten an mehreren gleißenden Punkten das Sonnenlicht. Wir überquerten einen kleinen rauschenden Bach. Die Brücke hatte ein geschnitztes Geländer.

- Du darfst der Sabine nichts sagen, sagte Jan. Bitte.

- Wovon?

- Hör zu, sagte er. Ich weiß auch nicht, was das ist, aber ich kann's dir zeigen. Und dann solltest du es nicht mehr erwähnen.

- Okay. Aber ich verstehe nicht...

- Da hinten, sagte Jan.

Er deutete auf ein Feld, das neben einem Bauernhof lag. Es gab keinen Zaun um das Feld, man konnte einfach hineingehen.

- Da liegt eins davon.

Als wir näher herankamen, wurde das Schnarren lauter. Jan blieb stehen.

- Weißt du, ich kann sie nicht ansehen, sagte er. Wie ich sie zum ersten Mal gesehen habe, ist mir schlecht geworden. Und die anderen haben sich natürlich weggeschrien vor Lachen. Die haben damit ja schon ihr ganzes Leben zu tun. Aber es ist nicht recht. Es ist nicht...

Er machte eine unbestimmte Geste und ging weiter.

Ich musste mir nun die Finger in die Ohren stecken, damit ich das Geräusch ertragen konnte. Jan schien es keine so großen Probleme zu bereiten. Er schaute im kniehohen, bleichen Gras nach, knickte einzelne Halme mit seiner Stiefelspitze beiseite und dann entdeckte er es – und wandte sich ab. Sein Gesicht spiegelte heftigen Abscheu wider.

- Oooh, machte er leise und ging einige Schritte zurück in Richtung Brücke.

Ohne die Finger aus den Ohren zu nehmen, beugte ich mich über die Stelle im Gras. Zwischen geknickten Halmen lag dort eine winzige menschliche Gestalt. Sie war sehr rund, dickgliedrig und kompakt, und nicht viel größer als ein Straußenei. Sie bewegte sich nicht, die kleinen Lider der Augen waren geschlossen, nur an den Bewegungen des Brustkorbs sah man, dass sie lebendig war. Rund um die winzige Gestalt lag etwas Schaum, der aber schon fast vollständig eingetrocknet war.

Ich richtete mich auf und schaute zu Jan. Er wirkte kraftlos und entmutigt, als wäre ihm etwas ungeheuer Peinliches in der Öffentlichkeit passiert. Als ich auf ihn zuging, wich er sogar einige Schritte zurück.

- Sie sind heuer besonders viele. Sie kommen vor allem am Rand von den Feldern raus, wo die Erde weniger oft umgepflügt wird. Es ist furchtbar, Clemens, furchtbar...

Ich fasste ihn bei der Schulter und hielt ihn eine Weile.

- Ich liebe Sabine, sagte Jan. Aber sie kann von mir nicht verlangen, ein Kind mit ihr zu haben. Ich... ich kann einfach nicht, verstehst du?

- Sicher, sagte ich. Ich verstehe. Aber was hat das mit den –

- Sie sind überall, sagte Jan. Sogar bei uns hinterm Haus, aber ich trete immer auf sie, ich will sie nicht hier haben. Bitte, sag Sabine nichts darüber, sie würde es nicht verstehen.

- Okay, okay, sagte ich.

Wir gingen zur Landstraße. Den Weg ins Dorf hinauf legten wir schweigend zurück. Ich versuchte mehrere Male, eine Frage zu formulieren, aber mir fielen einfach nicht die richtigen Worte ein. Jan schüttelte sich und schien zu frieren.

Vor dem Haus stand Sabine und erwartete uns. Sie winkte und wir winkten zurück. Als sie Jan aus der Nähe sah, sagte sie:

- Was ist denn mit dir? Dir ist doch nicht etwa schlecht?

- Nein, nein, sagte Jan mit betont normaler Stimme. Nur kalt. Ich hab mir zuwenig angezogen. Er war da klüger –

Er deutete auf mich und eilte dann an Sabine vorbei ins Haus.

- Ja, sagte ich. Der Winter ist noch nicht so ganz überstanden.

- Weicheier, sagte Sabine.

Auf dieses Wort folgte ein lautes Würgegeräusch. Sabine drehte sich um. Da der Eingang des Hauses etwas dunkel war, konnten wir nicht sehen, was passiert war. Aber wir hörten es. Jan übergab sich, mehrere Male. Er machte ein lautes und jammervolles Luftholgeräusch und schien dann auf die Knie zu fallen.

- Mein Gott, sagte Sabine.

Gemeinsam halfen wir ihm vom Boden auf. Sabine brachte ihn ins Bett. Ich blieb vor dem Schlafzimmer stehen. Durch den Türspalt sah ich, wie Sabine ihr Bett an Jans Bett heranrückte. Er versuchte, es wegzuschieben, aber sie hielt seine Hände sanft zurück und strich ihm über die Stirn. Dann kehrte sie zu mir auf den Gang zurück.

- Er regt sich oft zu sehr auf, sagte sie. Er ist noch nicht so eingespielt auf die Verhältnisse hier. Die Temperaturunterschiede, die Luftfeuchtigkeit.

Ich nickte.

- Die einfachsten Gegebenheiten des Lebens bereiten ihm so große Schwierigkeiten, sagte sie und schüttelte den Kopf. Aber man kann ihm deswegen nicht böse sein. Er ist einfach zu süß. So tapsig und ungeschickt.

Und damit schloss sie die Tür zum Schlafzimmer. Ihr Gesicht war etwas rot geworden, unter ihren Achseln waren kleine Schweißflecken. Sie wirkte erhitzt, als wäre sie ein paar Mal ums Haus gerannt. Sie fragte mich, wann mein Zug zurück nach Graz ginge.

- Eigentlich schon recht bald, log ich. Ich glaube, ich werde mich dann wohl besser beeilen...

- So, sagte sie. Wunderbar, wunderbar, ah, ich meine, wunderbar, dass du da warst! Und entschuldige wegen Jan.

Sie begleitete mich, nachdem ich meine Sachen aus dem Gästezimmer geholt hatte, noch schnell bis zur Haustür und winkte mir kurz hinterher, dann verschwand sie im Inneren des Hauses.

Erst, als die Türen des Regionalzuges sich schlossen und der Bahnsteig langsam davon glitt, bemerkte ich, dass es vollkommen still war, nur die Motoren des Zuges waren zu hören. Merkwürdig, dachte ich, man gewöhnt sich in der Tat sehr schnell an das Schnarren der kleinen Menschlein. Es sei denn, man war wie Jan und kam nicht einmal mit den einfachsten Gegebenheiten des Lebens zurecht.

JUDITH NIKA PFEIFER

Als ich klein war, zwei, drei, vielleicht oder früher, nahm mich mein Vater überallhin mit, auf Schultern die Wiener Ringstraße entlang. Ich kann mich klar daran erinnern, an die vielen Studenten, die Transparente und Megafone, das Skandieren und Singen. Ich hatte keine Vorstellung, worum es ging, aber ich mochte das Gefühl, unter so vielen Menschen zu sein. Ich spürte, es ging um mehr, um etwas Größeres. *Yeah? What?*

Mein Leben ist eine Aneinanderreihung von Kurzgeschichten. Sie sind so verschieden, dass sie sich nicht auf einen Nenner bringen lassen, vielleicht, dass sie von Menschen handeln, und zwar leidenschaftlich und, dass sie Zeit dehnen und straffen, um das Wesentliche einzufangen. *So, what's your favourite ice cream flavour? Tell me about it.* Dafür überwinden sie Grenzen, an Wendepunkten blenden sie auf und blenden ab, suchen im Kleinen das Große und im Großen das Kleine. *And we could not look away.* Augenzwinkernd, plaudernd oder mitreißend, dramatisch zugespitzt, zart pointiert oder aber pointenlos bewegen sie sich zwischen Extremen, vermischen Bühne und Alltag. Eine Sekunde kann ziemlich lang sein, so aneinandergereiht, je nach Bedarf auf rewind, fast forward, nah oder fern gezoomt.

Ich bin in meinem Leben vierundzwanzig Mal übersiedelt. *You're lying. No, I am not. Yes, you are. No, I am not. Yes, you are. No I am not. You're blushing. No, I am not.* Als ich 14 war, zog meine Familie wieder einmal um, von einer Großstadt in eine Kleinstadt, von 1.7 Millionen auf knapp 12.000. Ich lernte, dass man unter 12.000 Menschen auffällt, vor allem, wenn man nicht so spricht, wie sie. *Oh, that sounds fun.* Die Kurzgeschichte, als literarische Gattung, ist im österreichischen Lehrplan der Allgemeinbildenden Höheren Schulen für den Deutschunterricht der Oberstufe vorgesehen. Der neue Deutschlehrer mochte mich nicht, weil ich aus der Großstadt kam. Sein Unterricht war langweilig. *The kids adapted easily.* Ich lernte, dass in Langeweile auch etwas Böses stecken kann. Heimliche Gewalt wird nicht geahndet.

Meine Eltern sagten, es würde sich alles einrenken. Meine alten Freunde lebten ohne mich weiter und ich ohne sie. Wir schrieben uns in immer größer werdenden Abständen Briefe mit aufgeklebten Herzen. *How very sad, I'm so sorry. Tea?* Meine Mutter hatte plötzlich einen Geliebten. *A brunette. Wie reizend sie ist.* Mein Vater begann zu trinken. Mein kleiner Bruder schwänzte die Schule und ging in die Spielhalle. Nichts renkte sich ein. Wem langweilig ist, ist selbst schuld, sagte mein Vater. *Liquid wisdom.*

Im Deutschunterricht lasen wir die einstrophigen Lieder von Meinloh von Sevelingen, Burggraf von Regensburg, Der von Kürenberg und die mehrstrophigen von Friedrich von Hausen, Bligger von Steinnach, Bernger von Hohrheim, Rudolf von Fenis. *Wie reizend sie ist. And nothing really matters. Sehr geehrter Herr Professor, ich möchte das Fernbleiben meines Bruders vom Unterricht entschuldigen, er hat sich eine Bronchitis eingefangen.* Während wir den früh- und spätmittelalterlichen Minnesang durchmachten, las ich unter dem Bankfach Aichinger, Carver, Maugham, Parker, Melville, Maupassant, Tschechow. Von Innen nach Außen berührt einer ein Inneres durch seines, ohne Äußeres, ohne das Äußere, treffen Ereignisse, Handlungen, Seelensplitter, Sehnsüchte auf andere. *And my stomach, ask my stomach.* Wir stecken in den Kurzgeschichten und sie in uns. Manchmal. Ziehen Linien Kreise.

Ich fand neue Freunde und lernte Dialekt sprechen. *And, I did die.* Ich übte solange, bis ich den ärgsten Sprech der Klasse draufhatte. Ich klang wie von hinter den Bergen – durch den Wind – und stellte fest, dass, sowie ich mich an meine Umgebung angepasst hatte, die Leute nett zu mir waren. *Comme elle est charmante.* Ich war nun eine von ihnen. *I'd like to meet her.* Ich ist eine andere, ein anderer, ist viele und andere in einem, sind so viele im Ich und berühren einander auf den Buchseiten am äußersten Rand der Schrift und über Worte durch Raum und Zeit, können mit einem Satz alles wenden, all das Fremde auf und unter die Haut gehende Vibrierende noch nicht Fassbare mitteilen und schmelzen. *Zonsters and mombies.*

Ihr Auftauchen aus dem Schulbankfach feierte die Shortstory in der U-Bahn, als ich in die Großstadt zurückzog, als ich nicht im Zentrum wohnte und, um zur Universität zu gelangen, eine halbe Stunde die Welt an mir – und mich an der Welt – vorüberziehen ließ. Wenn ich den Mund aufmachte, klang ich wie von hinter den Bergen. *Shhhhh.* Ich ging ins Ausland, ich kam zurück, ich zog wieder weg, ich kam zurück und zog weiter. Ich spreche nicht mehr Dialekt. *I nodded.* Aber bin froh, dass ich es kann, ebenso wie mit den Ohren zu wackeln, mit zwei Fingern laut zu pfeifen, einen Kopfstand zu machen und freihändig Fahrrad zu fahren.

Wir sind in Bewegung, um uns zu finden, um einander zu begegnen oder wieder zu verlieren und anderswie zu finden. *We had synchronized our breaths for a short period of time.* All die Dinge, die geschehen, sie überschreiben uns, die Lebensläufe und das Wirkliche, das meiste wird ohnehin vergessen und oder immer wieder neu entdeckt. *Du kannst nichts falsch machen. Ein Satz zum Mitnehmen.* Unendlich viel kann auf so wenig Papier passieren, vielleicht auch: nichts. Das ist alles, das Leben an sich, Momente, Begegnungen, aneinandergereiht (auf Buchseiten), ohne Anfang, ohne Ende, ein In-der-Welt-Sein. *Move, move, move.* Manchmal geht es gut aus, manchmal auch nicht, und im Schluss steckt alles: *But it's over quickly. Well, okay.* Verdichtetes Gefühl oder feinkalkuliert das, was man daraus/aus ihr macht. Eine kurze Geschichte mit oder ohne Pointe.

Edinburgh Edinbra Wonderbra Embro Embryo

Ham Ding

Du verlässt das eine Land, und fährst in ein anderes. Mit dem Auto, durch Deutschland bis Amsterdam, mit der Fähre über die Nordsee im Februar ein Stück die Küste entlang noch weiter in den Norden bis du angekommen bist. In Edinburgh.

Deine Nachbarn kommen aus Dundee, Vancouver, Alexandria, Brasilia, Santiago und Edinburgh. Am Montagabend fragen sie dich, ob du Tee oder Bier mit ihnen trinken möchtest. Du trinkst Tee und Bier mit ihnen. Dylan sagt, du sollst ihn fragen, ob denn etwas dran sei, an dem Klischee des geizigen Schotten. Du fragst Dylan, ob denn etwas dran sei, an dem Klischee des geizigen Schotten. Er sagt, give me 5 pounds and I'll tell you. Du lachst, weil du ihn magst.

Das Wetter ist erstaunlich gut, kontrolliertermaßen jeden Tag besser als im Internet angekündigt, der Himmel über dir weit wie nichts anderes. Finster wird es erst spät gegen Mitternacht hin, als rot und grün bemalte Menschen halbnackt Beltane, die Frühjahrssonnenwende feiern, den Sommer herbeitanzen, mit dreizehntausend anderen rund um dich. Du starrst hinein ins Feuer und wünschst dir etwas.

So viel Landschaft rundum, der Firth of Forth mit den jelly fish und die Nordsee drumherum. Du besuchst die Haifische in Deep Sea World, gehst unter ihnen durch den längsten Unterwassertunnel Europas. Du bekommst einen neuen Haarschnitt, der eine Haube im Frühling nötig macht, bist froh darüber, dass das Wetter mitspielt.

Warum jemand wohl weggeht, denkst du. Weil jemand es nicht mehr aushält, weil jemand etwas nicht mehr aushält. Du bekommst Besuch.

Alles Österreicher, ich wusste ja gleich, sagt der Besuch, warum ich mich hier so wohl fühle. Alles Hallstattkultur oder Innviertel, die Ortsnamen sowieso alle keltisch. Da hast du's, wo du hinfährst, Tumelts-ham, Gumper-ding, alles keltisch. Alles eigentlich Oberösterreicher, die Schotten, nur die Männer hier sind schöner. So schöne Männer, sagt der Besuch, diese Augen und die Haare, so hell und dunkel und rot und. Dein Freund ist schwul.

Ich kann dir sagen, sagt dein Freund, warum die Männer hier viel schöner sind. Weil die meisten Kelten durch Ö und weiter gezogen sind, bis hierher, Haare rot, Keltenfrauen, Hexenfrauen katholisierte, protestantisierte, hexisch verbrannt und ausgekeltet, ist ja klar, dass die dann aus Österreich weg sind, und vorher schon nach Frankreich und Irland und bis hier herauf, wo dann Schluss war mit Kulturkampf oder weiterziehen, und in dem einen Teil von Spanien, dort wo sie hin sind...

Galizien, sagst du.

... genau, alles Kelten, feiern sowieso keltische Feste, alles Hallstätter, also Oberösterreicher. Die Katholiken sind schuld, haben die Rothaarigen verbrannt, alles Heidnische weggebrannt, deshalb die roten Hexenhaare hier und die weniger schönen sind in Österreich geblieben, voila, sagt dein Freund.

So viel schöner sind sie auch wieder nicht, sagst du.

Na, aber schon schöner. Schau dir diese Augen an, was für Augen. Der Kellner, dein Freund deutet dir mit dem Kopf. Der Kellner sieht trainiert aus, hat eine Glatze, trägt ein enges T-Shirt.

Sehr behaart, sagst du, die Arme, mein ich.

Der Kellner kommt an den Tisch. Hi, there.

Nice tattoo, sagt dein Freund.

Thanks. What can I get you?

You.

Du überlegst, ob dir ist dein Freund peinlich ist.

Where are you from? fragt der Kellner.

Austria. Where are you from?

Turkey, sagt der Kellner.

In Turkey gibt es auch Keltengene, sagt dein Freund als der Kellner eure Bestellungen an die Küche weitergibt. Die tanzen da einen Tanz, den man sonst nur aus der Normandie kennt. Dort gibt's extrem viele rothaarige und blauäugige Türken, also in der Türkei, in der einen Region da beim schwarzen Meer oben. Also haben sie hier wie dort DNA-Proben genommen, in der Normandie und der türkischen Dingsregion und trara - alles Kelten.

Dein Freund bestellt einen Gang nach dem anderen. Du machst Pause, weil kein Platz mehr in deinem Magen ist.

Einer geht noch, sagt dein Freund, gabelt das letzte Stück monk fish auf, sagt, jetzt wäre abliegen gut.

Dreieinviertel Stunden später sitzen dein Freund und du noch immer in dem Restaurant. Auf dem Weg zur Toilette bittest du den Kellner um die Rechnung.

Der Kellner bringt sie, als du zurückkommst, und lächelt deinen Freund an.

Beaten by the sticky toffee pudding?

Beaten by the sticky toffee pudding, dein Freund lächelt zurück.

Naughty boy, sagt der Kellner.

Du zählst Trinkgeld auf einen kleinen Teller.

Cheers, sagst du und stehst auf. Der Kellner steckt deinem Freund einen kleinen Zettel zu.

Tags darauf machen du und dein Freund eine Literatur-Tour.

Da, UNESCO City of Literature, alles total literarisch, sagt dein Freund.

Wien eh auch, sagst du.

Vielleicht sogar noch mehr, sagt dein Freund.

Anders noch mehr, sagst du.

Naja.

Euer Guide heisst Ken.

In simmer, whan aa sorts foregether, liest Ken von einem kleinen Zettel ab, in Embro to the ploy fowk seek out friens to hae a blether whan days anomalies are cled, in decent shades of nicht the Castle is transmogrified by braw electric licht the toure that bields the Bruce's croun presents an unco sicht mair sib to Wardour Street nor Scone, wae's me for Scotland's micht, says I, in Embro to the ploy. Das war ,Embro to the ploy', sagt Ken, stammt von Robert Garioch, einem wichtigen Poeten aus Edinburgh. Ken ist selbst Poet.

Edinborro, sagt dein Freund leise.

Es heisst Edinbra, sagst du.

Edinbaro, sagt dein Freund.

Edin b r a. Bra wie in wonderbra.

Edinborra, sagt dein Freund, Ken sagt Embro nicht bra. Bro, wie Embryo ohne i.

Ohne y, sagst du.

Weiß ich, sagt dein Freund.

Hier sagt jeder Edinbra, sagst du.

Auld Reikie, sagt Ken lauter und räuspert sich, ein Spitzname für Edinbra.

Schau, sagst du.

Nix schau, sagt dein Freund.

Their bizzing craigs and mous to weet, liest Ken, and blythly gar auld care gae by, wi blinkit and wi bleering eye. Das war Ferguson, sagt Ken, Ferguson war ein großes Vorbild für Burns. Er schrieb als einer der ersten Gedichte auf schottisch. Burns spendete Ferguson sehr viele Jahre nach dessen Tod einen Grabstein, den er allerdings nie bezahlte. Und, dort drüben, sagt Ken und zeigt mit dem Finger auf ein Grab zwanzig Meter weiter, dort liegt Melinda, die Muse Burns, begraben. Ohne sie gäbe es einige seiner Gedichte nicht, sagt Ken. Die Gruppe geht weiter, Kies knirscht unter Sohlen.

Ob Burns und Melinda ein Paar waren, fragt eine Frau mit spanischem Akzent.

Rein platonisch, sagt Ken.

Ken und Barbie, flüstert dein Freund.

Edinburgh habe viele Namen, Embra or Embro in Garioch's 'Embro to the Ploy', das wir eben vorhin gehört hätten. Überhaupt sei Edinburgh das Athen des Nordens.

Ich dachte Florenz? flüsterst du deinem Freund zu.

Nein, das war Dresden... sagt dein Freund, und Krakau. Hier ist Athen, Florenz liegt ja gar nicht am Meer.

Und was war St. Petersburg, des Nordens meine ich?

Venedig, sagt dein Freund.

Des Südens gibt es nichts?

Nur des Nordens. Sehnsuchtsorte liegen immer im Süden. Also muss der Rest im Norden liegen.

Edinburgh, sagt Ken, ist auch unter dem Namen Dunedin bekannt, vom Gälischen Dùn Èideann. Dunedin in Neuseeland, hieß ursprünglich Edinburgh of the South, sagt Ken.

Doch des Südens, flüsterst du.

Da hat sich jemand weggesehnt, sagt dein Freund.

Aus roeky smokey Edinburgh und auch aus anderen Teilen Schottlands, würden Autoren wie Iain M Banks, der auch Iain Banks sei, Carol Ann Duffy, Seamus Heaney, Douglas Dunn, Alan Warner kommen, sagt Ken. William Dunbar, Kei Miller, wobei der ursprünglich aus Jamaica stamme, nun aber in Glasgow lebe, John Galt, Ewan Morrison, Alasdair Gray, Catherine Carswell, Hamish Henderson, Robert Henryson, James Hogg, Jackie Kay, Willa Muir, Neil Munro, Margaret Oliphant, Allan Ramsay, Ian Rankin, Walter Scott, Iain Crichton Smith, Muriel Spark, Robert Louis Stevenson, James Thomson, Alexander Trocchi, Irvine Welsh to name a few, sagt Ken.

Da muss es doch noch mehr geben, sagt dein Freund.

Besonders erfolgreiche Autoren, die Sie als Krimifreunde vielleicht auch kennen - Alexander Mc Call Smith, Joanne Rowling und Ian Rankin, sagt Ken.

Die Schwedenkrimis sind besser, glaub mir, sagt dein Freund, der eine, der nach dem dritten Buch gestorben ist, boa sag ich dir.

Ich lese kaum Krimis, sagst du.

Thank you, sagt Ken, und ob wir uns zwei Minuten Zeit nehmen könnten, seine Feedbackbögen auszufüllen?

Du machst bei allen Fragen ein Kreuzchen bei eins.

Was hast du angekreuzt, fragt dein Freund.

Immer eins.

Shit, sagt dein Freund, ich dachte zehn ist das Beste.

Dein Freund will einen Kilt kaufen, ihr geht in einen Souvenirladen an der Royal Mile.

Der ist schön, sagt dein Freund und hält einen orange-blauen Kilt hoch.

So ein Kilt trägt auf, sagt er aus der Kabine. Was meinst du? Schau mal, der Kabinenvorhang geht auf.

Du schaust. Ganz gut, sagst du.

Der sticky toffee pudding, ich weiß, sagt dein Freund, die Frage ist, wo die Taille ansetzen, um den Bauch herum, unterm Bauch?

Hm, sagst du, wenn du ihn weiter unten tragen willst, passt es auch gut.

Hehe, ein Hiphop-Kilt, sagt dein Freund.

Du brauchst schon auch was Schönes, sagt dein Freund, als ihr hinausgeht, etwas, ohne das du dich unvollständig fühlst.

Ich weiß nicht was, sagst du, ich bin glücklich. An nichts anhaften, hat schon Buddha gesagt.

Bei so einem Kilt, da kann nichts anhaften, sagt dein Freund.

Du denkst an Dylan, bist glücklich.

Das Leben geht einen Schritt weiter im Jahreskreis. Der Frühling wird über Nacht Sommer und die Stadt duftet nach Wassermelonenmeeresluft und Gegrilltem. Gegen Wochenende hin riecht es nach Alkohol, vinegar, fish and chips. Die Röcke der Frauen an den Freitag- und Samstagabenden sind so kurz wie nur geht, die high heels so hoch wie nie. Du siehst ihnen zu, wie sie in den frühen Abendstunden zusammen an roten Fußgängerampeln warten und wanken, einander stützend, bei grün weiterwanken, um sich weiter zu betrinken.

Was ist nur mit den Heteros hier los, fragt dein Freund.

Ja, drehen sich nicht einmal um, sagst du.

Weißt du, du siehst sooo Mitteleuropa aus, im Vergleich, sagt dein Freund.

Ich weiß, sagst du. Du trägst Jeans und Turnschuhe.

Am nächsten Tag bringst du deinen Freund zum Flughafen.

Schon traurig, sagt dein Freund, jetzt hab ich keinen wirklich, wirklich tollen Kilt gefunden.

Der orange-blaue ist doch ganz gut, sagst du und versprichst, die Augen nach einem tollen schwarzen Kilt offen zu halten, 36 inch.

34, sagt dein Freund, in Wien esse ich weniger.

Ihr umarmt euch, dann geht dein Freund durch die Passkontrolle.

Egal was, es wird in Erfüllung gehen, hatte die Beltane-Frau gesagt und deinen Zettel ins Feuer geworfen. Es ist gut hier. Du bist glücklich, könntest ewig in den Parks herumlungern und Wiesenbarbeques mit Dylan, Keelin, Sean veranstalten. Kein kalter Koshava-Donauwind, keine Mischung aus mitteleuropäischer Lethargie, depressiver Schwermut und verdrängter Schuld, als raunzige, dennoch gemütliche Herzlichkeit interpretiert.

Du fährst mit Dylan im Auto, hörst dem Radio zu, wie es gälisch spricht, klickst dich durch zu Classic FM, Haydn, siehst dir Diane Arbus' Fotos an. Das eine, auf dem sie, schwanger, sich selbst fotografiert hat, mit dem Titel Selbstportrait, fotografierst du mit deinen Augen zweimal, bevor du weitergehst. Der Lemon Cake im Museumscafé ist der beste, den du je gegessen hast.

Die ersten seien vor zwölftausend Jahren über eine Landbrücke vom europäischen Festland auf die Britischen Inseln gekommen. Eine Landbrücke, die dann durch den Meeresanstieg wegen des Abschmelzens der Gletscher viertausend vor Christus verschwand, sagt Dylan. Warum diese Einteilung in vor und nach und warum überhaupt Zeit benennen, wo sie doch ohnehin so ungreifbar und relativ und unfassbar uns durch die Finger gleitet und dann verschwindet, wie Land, denkst du, das im Meer versinkt.

Du stehst am Rand einer Klippe und siehst weit weg von dir eine wiederkehrende Bewegung, Walfontänen, sagt Dylan. Du hörst Schauergeschichten über Schlachten, wer wen wann besiegt hat, die Engländer die Schotten und umgekehrt, Kelten, Wikinger, Mary Stewart und Elizabeth, Papst und Katholiken gegen Protestanten, vergisst es sogleich wieder, weil es nicht mehr wichtig ist.

Du schaust dir mit Dylan An Education an, siehst Jude Law als Sherlock Holmes.

Wir Schotten, sagt Dylan, spielen in Filmen entweder Bösewichte, Geizbolde oder Minderbemittelte.

Stimmt nicht, sagst du, Tilda Swinton, Carey Mulligan, Kelly Macdonald in Trainspotting nicht.

Zwei Generationen am Friedhof, dann bist du schottisch, zumindest ein bisschen, sagt Dylan, und dass seine Vorfahren im Zuge der römischen Eroberung auf die Insel gekommen seien, zumindest ein Teil.

And how do you like it here, werde er manchmal gefragt. 43 nach Christus, lacht er. Ihr geht in einen second hand Plattenladen. Du kaufst dir eine gebrauchte Charles Bukowsky CD. Zu Hause legst du Bob Dylan auf.

Travis, Franz Ferdinand, Belle and Sebastian, Mogwai, Snow Patrol, zählt Dylan seine schottischen Lieblingsbands auf, the Fratellis. Mark Knopfler, Donna Macciocia, es gebe noch mehr.

Aber das sind meine liebsten, sagt Dylan.

Deine Gedanken beginnen, was wäre wenn zu spielen.

Am Wochenende gehst du mit Dylan bei Ebbe auf eine kleine Insel, die keine mehr ist, bis die Flut wieder kommt, bis die nächste Ebbe kommt, bis die nächste Flut kommt.

Das ist der River Almond, sagt Dylan, da drüben, und zeigt mit dem Arm.

Schöner Flussname, sagst du.

Zu Hause liest du, dass, als der Zweite Weltkrieg ausbrach, Cramond Island aufgerüstet wurde, um die Küste vor feindlichen Kriegsschiffen zu schützen. Der Feind war das Deutsche Reich, waren die U-Boote, waren die Bomber, waren Deutsche und Österreicher. Bis hierher in den Norden waren sie nicht gekommen.

Wenn England gegen Deutschland spielt, sagt Dylan, halten die meisten hier trotzdem zu den Deutschen, auch wenn die englischen Zeitungen von Blitzkrieg und deutschen Walzen schreiben.

Du siehst gelbe Teerwalzen und bist unendlich froh, dass es Großbritannien gibt.

Danke UK, danke Churchill, danke alle, flüsterst du.

Du verlässt das eine Land, und fährst in ein anderes. Von Edinburgh mit dem Auto ein Stück die Küste entlang Richtung

Süden. Mit der Fähre über die Nordsee im Juli. Nach Amsterdam, durch Deutschland durch, bis du angekommen bist.

FRIEDERIKE MAYRÖCKER

"dein Vorschlag, meine schmalen Schriften = diese halluzinatorischen Stücke von Poesie als "Kurzgeschichten" zu bezeichnen, *nimmt mich wunder*, ich halte mir die Hände vor's Gesicht wie ich weine. In meinem Kämmerchen, SW-Seite, schiefer Maschinschreibtisch "hermes baby" zu Klaviermusik von Franz Liszt heilige Morgenstunde. Drauszen Frühling Ende März ich sehe dasz der Flieder sprieszt, manchmal schreibe ich von meinen Träumen ab, ich empfange Verbalträume. Ich sitze gebückt fast kniend (wie Glenn Gould beim rasenden Spiel), man musz warten können bis es einschnappt, ich brauche eine hohe Zimmertemperatur und elektrisches Licht auch wenn die Sonne hereinscheint. Es ist eine grosze Aufregung so dasz mein Blutdruckwert aufs höchste, etc. Bin sehr beherzt und danke dem heiligen Geist für seine Verheiszungen ……….."

(neue Version am 13.4.2014)

©FM

„gepreszte Blumen, in einem Buche ——→ »le kitsch« usw.
bin hündisch bin Leckmaul die Jägerwiese weiszt du der Flie-
derbaum der mich dürstet : dauert : dämmert, der Morgen weiszt
du hochgemut weiszt du Albatros : fürstlich Flügelschlag meiner Hoffnung war ich in den Alleen der Ginkgobäume (tauben
Herzens) war da nicht wenig Gras in den Kirschbäumen. Wun-
dersam' Lippe an Lippe wie Ekstase schweigende, Übereinkunft,
schaufelte in mich hinein Rosen der Philharmonie usw., unter
der Esche weiszt du unter the ashtree = was Aschenbaum heiszt
unter dem Fieberbaum. Kornraden, verwilderte, sich um deinen
Fusz schmiegend nämlich Gladiolen ihr süszen Schwerter, Kase-
matten, damals, im Unterstand : Scholzgasse 16 = Leopold-
stadt wo die beiden Grosztanten hausten graues Ambiente :
wuschen sich biblisch sobald Leichenzug unten in der Strasze
(vom Fenster aus) . . . . nun war es 1 fahler Morgen welchen
ich willkommen hiesz hatte dem Arzt einige meiner Beschwerden
verschwiegen die er mir jedoch von den Augen ablesen konnte er
war sehr magisch und folgte mir in den . . . . . Flaum und Fluren
„ach wie allein wir sind“ rief sie damals und tauchte ein in
die Büsche des Ahrenbergparkes, die kl.Holzschuhe solch Blü-
tenmeere (Dufy) bin schutzbefohlen, bin exzessiv am Komponie-
ren, am Morgen, bin ich dahin in einem nu usw. mit süchtigem
Auge (quillt Träne) Goldammer dir zu Füszen (solch lange Titten)
Emotion v.Blumen, JD, liesz diese Schmach über mich ergehen,
machst auf dem Foto das rechte Auge immer auf und zu, biszchen
Unkraut das Weltgeschehen, nun ja die verfallenen Hügel der
Vogelschwarm : ehe sie in die Schlafbäume niedersinken nun ja
die Finsternis ihrer Schwingen, *schreie die Dinge an.* Sprachen
von Sommer den wir diesmal nicht in den Bergen . . . . ADE, wie
glückliche Liebe welche unsere Herzen liebkosend hielten wir
uns umschlungen. Hauchdünner Vogel die Kuckucke in meiner

Brust, ich meine 1 gewisses Verwelken nach der OP ——→
ach dieses Gefummel, sind heterogen meine Schriften flennend
nämlich auf Knien, rhapsodisch mit dem Akzent auf *Raison* oder
Vernunft. Die leeren Plastikflaschen mit dem Fusz hinter den
Kasten gefegt, halbliegend auf Küchensessel : ersticke schon
ohne Ansprache taumelte dann ans Fenster BLUT IST IM SCHUH
oder wie Gartenschminke in düsterer Luft“

23..11.201

110

BIOGRAFIEN

Rebekah Clarkson wurde in Südaustralien geboren und hat in Melbourne, Sydney und Canberra gelebt. Ihre Erzählungen, Gedichte und Artikel erschienen in Anthologien, Zeitungen und Zeitschriften wie *Southerly*, *Etchings*, *Wet Ink* und *The Adelaide Review*. Sie war Mitherausgeberin der Antholgie *Forked Tongues* (Wakefield Press, 2002).

Rebekah war Finalistin bei Auschreibungen und hat einige Preise für ihre Erzählungen in Australien und Übersee gewonnen. Ihr Erzählung, 'The Five Truths of Manhood' war Finalist für den 2012/13 Fish Publishing International Short Story Contest und die Erzählung 'The Apex Club' wurde Zweiter beim 2012 Wet Ink/CAL.

Sie hat einen MA in Kreativem Schreiben der University of Adelaide und einen BA in Aboriginal Studies der University of South Australia. Derzeit ist sie im letzten Jahr ihres PhD in Kreativem Schreiben mit Schwerpunkt auf zeitgenössische Regionalliteratur und den Zyklus der Kurzgeschichte.

Rebekah unterrichtet Kreatives Schreiben an der University of Adelaide und lebt mit ihrem Ehemann und ihren zwei Kindern oberhalb in der Nähe von Adelaide.

Günther Kaip, geboren 1960 in Linz, seit 1980 in Wien. Mitglied der Grazer Autorenversammlung. Veröffentlichungen in Anthologien, Zeitungen (u.a. *Neue Zürcher Zeitung*), Literaturzeitschriften, ORF und NDR. Zahlreiche Bücher: zuletzt *Im Fluss. Miniaturen.* Klever Verlag Wien. Herbst 2008, *Katarakte.* Wortbilder. Arovell Verlag. Frühjahr 2009. *Im Fahrtwind. Miniaturen.* Klever Verlag 2010. *Im Rhythmus der Räume.* Prosaminiaturen. Herbst 2013 wird der Gedichtband *Wenn du an der Himmelsschraube drehst* mit Zeichnungen von Angelika Kaufmann im Mitter Verlag, Wels, erscheinen. Diverse Preise und Stipendien. Gedichte und Erzählungen wurden ins Englische, Russische, Türkische und Spanische übersetzt.

Cate Kennedy schreibt Romane, Lyrik und Sachbücher, ist in ihrer australischen Heimat aber hauptsächlich für ihre Erzählungen bekannt. Ihre jüngste Sammlung *Like a House on Fire* (Scribe, 2012) folgte ihrer preisgekrönten Debütsammlung *Dark Roots* (2006/07) und errang internationales Ansehen mit dem Erscheinen einer der Erzählungen im *New Yorker*. Ihr dritter Lyrikband *The Taste of River Water* (Scribe, 2011) wurde mit dem Victoria Premier's Award für Lyrik ausgezeichnet. Ihr Roman *The World Beneath* (Scribe 2009) war Finalist für verschiedene Preise. 2011 war sie Gast des Edinburg International Book Festivals, des Calgary WordFest und des Vancouver International Writers' Festivals. Ihre Erzählungen erschienen in Literaturzeitschriften und Anthologien wie *Best Australian Stories*, *British Women's Weekly* und *The Harvard Literary Review*. Ihr Roman und ihre Erzählungen sind auch als Hörbücher sehr beliebt und werden als Unterrichtstexte an Universitäten und Schulen verwendet. Ihr Tagebuch als reiwillige Helerin bei einer mexikanischen Hilfsorganisation *Sing and Don't cry: A Mexican Journal* (2005) wurde öter im nationalen Radio gesendet. Cate hat Workshops in ganz Australien geleitet und unterrichtet auch in Schulen.

Andy Kissane, geboren 1959 in Melbourne, wohnt seit 1987 in Sydney. Doktor der Kreativen Künste (Schreiben) (2004, University o Technology, Sydney). Er unterrichtete Kreatives Schreiben an vier Universitäten, zuletzt an der University o New South Wales. Er liebt die Kurzgeschichte, seine erste Sammlung *The Swarm* (Puncher & Wattman, 2012) wurde mit Begeisterung aufgenommen. Sein Roman *Under the Same Sun* (Sceptre, 2000) war Finalist ür das Vision Australia Buch des Jahres. Er arbeitet an einer zweiten Sammlung und schreibt auch Lyrik. Seine Lyrikbücher *Facing the Moon, Every Night They Dance* und *Out to Lunch* (Puncher & Wattmann, 2009) waren Finalisten ür den New South Wales Premier's Literary Award. Er ist auch Coriole National Wine Poet 2013, und sechs seiner Gedichte erscheinen auf dem Etikett des Cabernet Shiraz von Coriole Vineyards. Er wurde mit mehren Förderungen ausgezeichnet. Sein vierter Lyrikband, *Radiance*, erscheint im kommenden Jahr. andykissane.com

Friederike Mayröcker (1924-2021).

Von 1954 bis zu seinem Tod im Juni 2000 Freundschaft mit dem Dichter Ernst Jandl.
Mehrere Preise und Auszeichnungen, u.a. Georg-Büchner-Preis 2001. Außer den Einzelausgaben in Lyrik und Prosa: *Gesammelte Prosa* 1949-2001 (Suhrkamp 2001), *Gesammelte Gedichte* 1939-2003 (Suhrkamp 2004) danach: *Und ich schüttelte einen Liebling* (2005), *Magische Blätter VI* (2007), *Paloma* (2008), *Scardanelli* (2009), *dieses Jäckchen (nämlich) des Vogel Greif* (2009), *ich bin in der Anstalt* (2010), *vom Umhalsen der Sperlingswand, oder 1 Schumannwahnsinn* (2011), *ich sitze nur grausam da* (2012), *Von den Umarmungen* (2012), *Études* (2013). Übersetzungen von Prosabüchern und Gedichtauswahlen in mehreren Sprachen

Catherine McNamara wuchs in Sydney au und hat in Frankreich, Italien, Somalia und Ghana gelebt. Ihre Sammlung Pelt and Other Stories (2013) erreichte das Halbfinale ür den Hudson Price. Ihre Erzählungen erschienen in *Wasafiri*, *Short Fiction*, *Wild Cards: The Second Virago Anthology of Writing Women*, *A Tale of Three Cities*, *Tears in the Fence*, *The View From Here*, *Pretext* und *Ether Books*.

Carina Nekolny, geboren 1963 in Linz, lebt als Schriftstellerin in Wien. Studium der Germanistik, Geschichte und Philosophie in Wien. Dissertation zum Thema „Devianz als Überlebensstrategie. Betrügerische Frauen auf dem Land im Spätbarock". Bisher 7 Literaturpreise u. a. das Autorenstipendium der Stadt Wien 2006 und das Paul.Maar-Stipendium 2008. Mitglied IG-AutorInnen und der kunstkolchose ahoj Veröffentlichungen (Auswahl): *Yunnan Unter südlichem Himmel*, Roman, Kitab-Verlag, Klagenfurt, 2008. *Fress-Schach. Ein bulgarischer Winterkrimi*, und *Orpheus Traum. Mythologische Erzählungen*, beide im Kitab-Verlag, Klagenfurt 2011.

Sylvia Petter ist Australierin, war wohnhaft in Wien. Ihre erste Sammlung von Kurzgeschichten *The Past Present* erschien 2001 in England, die zweite *Back Burning* als IP Picks 2007 Best Fiction in Australien und *Mercury Blobs* 2013 ebenso in Australien. 2014 erschienen ihre Erzählungen auf Deutsch in *Geflimmer der Vergangenheit*. Ihre Erzählungen erschienen auch in einigen Wohltätigkeitsanthologien. Sie war auch redaktionelles Mitglied für die Sammlung *New Sun Rising: Stories for Japan* für die Opfer der Katastrophe von Fukushima (2011). Zurzeit überarbeitet sie zwei Romane. 2009 promovierte Sylvia als Doktorin des Kreativen Schreibens an der University of New South Wales, Sydney, arbeitete an der Universität Wien als Academic Editor am Institut für Bildungswissenschaft. Sie war Mitglied von GAV und Co-Director Vienna der 13th International Conference on the Short Story in English.

Judith Nika Pfeifer, geboren 1975, Autorin, Performance- und Sprachkünstlerin, schreibt Lyrik, Prosa und szenische Texte. Kommunikations- und Sprachwissenschaftlerin. Leondinger Akademie für Literatur 2008, div. Klassen am Schweizerischen Literaturinstitut Biel, Schauspielhaus Wien, schule für dichtung, Sprachkunst Universität für Angewandte Kunst Wien. Werkauswahl: *nichts ist wichtiger. ding kleines du*. Mitter Verlag 2012, diverse Publikationen in Anthologien und Zeitschriften. Transmediale Kunstprojekte: z.B. Literaturautomat Erich Fried Tage Literaturhaus Wien 2009 und Automatenliteratur podium 10 Salzburg 2011; Sisi Projekt 2012; Dear Jenny, poems in situ @ Jenny Holzer's Blue Purple Tilt Exhibition, Talbot Rice Gallery Edinburgh 2010; weitere Projekte in New York, Montreal, Pavia, München. Auszeichnungen u.a.: Autorenstipendium der Stadt Wien 2009, DOC-team Stipendium der Österreichischen Akademie der Wissenschaften 2009, Reinhard-Priessnitz-Preis 2012. www.judithpfeifer.com

Doron Rabinovici ist ein deutschsprachiger Schriftsteller und Historiker. Geboren 1961 in Tel Aviv, wohnt er seit 1964 in Wien. Seine Bücher sind die Kurzgeschichtensammlung *Papirnik* (Suhrkamp, 1994), die Romane *Suche Nach M.* (Suhrkamp, 1997), *Ohnehin* und *Andernorts* (Suhrkamp, 2010), sowie *Der Ewige Widerstand: Über Einen Strittigen Begriff* (Styria, 2008) und *Eichmann's Jews: The Jewish Administration Of Holocaust Vienna*, 1938-1945 (Polity, 2011).

Er wurde mit vielen literarischen Preise ausgezeichnet, wie beispielsweise dem Clemens-Brentano-Preis der Stadt Heidelberg 2003 und sein Roman *Andernorts* war Finalist beim Deutschen Buchpreis 2010 und wurde im selben Jahr mit dem Anton-Wildgans-Preis ausgezeichnet.

Cameron Raynes studierte Anthroplogie und Philosphie an der University of Western Australia und schloss 1988 mit Auszeichnung ab. Dann arbeitete er als Sozialarbeiter in Meekatharra und Katherine im Norden des Landes ehe er sich seinem Doktorratsstudium in Anthropologie an der Northern Territory University widmete. In seiner Dissertation (2001) befasste er sich mit den moralischen Subtexten der oralen Geschichte der Ureinwohner Australiens. Anschließend war er bei State Records of South Australia tätig und fing an sich für William Penhall, Chief Protector, zu interessieren und wie er das Aborigines Department von 1939 bis 1953 leitete. Die Ergebnisse seiner Forschung erschienen im Buch *The Last Protector* (Wakefield Press, 2009). 2007 fing er an Kurzgeschichten zu schreiben. 2008 gewann er mit der Kurzgeschichte *Taxi* den Josephine Ulrick Literary Award. Weitere Erzählungen erschienen in *Wet Ink, The Griffith Review* und *Sleepers Almanac No. 6*. Seine Kurzgeschichtensammlung *The Colour of Kerosene* erschien 2012 bei Wakefield Press. Ein Kurzfilm über die Titelgeschichte *The Colour of Kerosene* wurde in Adelaide produziert und wird bei diversen Filmfestivales gezeigt. Derzeit arbeitet Cameron am zweiten Band vom *The Last Protector* sowie an einem Roman.

Ka (Karoline Maria Ruhdorfer), geboren 1967 in Villach, Österreich schreibt, übersetzt, korrigiert, unterrichtet. Sie hat in China, auf den Phillippinen, Frankreich und in den USA gelebt und gearbeitet. Wohnhaft in Wien, sie arbeitet an einem historischen Roman über die französische Konterrevolution. Ihre Lyrik und Erzählungen erschienen in Anthologien in Österreich, Argentinien, Mexico, England und in der Türkei und wurden ins Englische, Slovenische, Spanische und Türkische übersetzt. Sie hat "poetry slams" gewonnen und ihr Drehbuch für den Spielfilm *Kratz die Kurve* ist in Vorbereitung. Seit 2012 ist sie Mitglied der GAV.

Clemens Setz (geboren. 1982, Graz) ist ein österreichischer Schriftsteller, Obertonsänger und Übersetzer. Er is der Autor der Romane *Söhne Und Planeten* (2007) und *Die Frequenzen* (2009).

Sein Theaterstück, *Mauerschau* premierte im Wiener Schauspielhaus. Seine Romane, *Die Frequenzen* und *Indigo* (2012) kamen in die engere Wahl für das Deutsche Buch Preis in 2009 bzw 2012.

2011 gewann sein Erzählband, *Die Liebe Zur Zeit Des Mahlstädter Kindes* den Preis der Leipziger Buchmesse.

Bernhard Strobel, geboren 1982 in Wien, lebt in Neusiedl am See. Autor und Übersetzer aus dem Norwegischen. Studium der Skandinavistik an der Universität Wien. Diverse Preise und Auszeichnungen, u.a. Staatsstipendium für Literatur, Buchprämie des Bundesministeriums, Hotlist-Preis 2012. Zuletzt erschienen die beiden Erzählungsbände *Sackgasse* (Droschl, 2007) und *Nichts, nichts* (Droschl, 2010) sowie Übersetzungen der Autoren Bjarte Breiteig (*Von nun an*, Luftschacht 2010) und Tor Ulven (*Dunkelheit am Ende des Tunnels*, Droschl 2012).

www.ingramcontent.com/pod-product-compliance
Lightning Source LLC
Chambersburg PA
CBHW081325020726
47506CB00005B/1178